홈스쿨대디

내가 선택한 아빠 브랜드

김용성 지음

HOME SCHOOL DADDY

LOVE

소나무

홈스쿨대디

내가 선택한 아빠 브랜드

초판 발행일 | 2019년 6월 20일

지은이 | 김용성
펴낸이 | 유재현
책임편집 | 강주한
마케팅 | 유현조
디자인 | 박정미
인쇄·제본 | 영신사
종이 | 한서지업사

펴낸 곳 | 소나무
등록 | 1987년 12월 12일 제2013-000063호
주소 | 경기도 고양시 덕양구 대덕로 86번길 85(현천동 121-6)
전화 | 02-375-5784
팩스 | 02-375-5789
전자우편 | sonamoopub@empas.com
전자집 | blog.naver.com/sonamoopub1

ISBN 978-89-7139-837-1 03810

도움 주신 분들
강주형, 공명자, 김수연, 박승민, 안성빈, 이상길, 지상민, 최승환

이 도서의 국립중앙도서관 출판예정도서목록(CIP)은 서지정보유통지원시스템 홈페이지
(http://seoji.nl.go.kr)와 국가자료종합목록 구축시스템(http://kolis-net.nl.go.kr)에서
이용하실 수 있습니다. (CIP제어번호 : CIP2019021622)

홈스쿨대디

내가 선택한 아빠 브랜드

글 싣는 순서

04 변화는 아버지부터

05 인생은 속도가 아니라 방향

06 내가 만든 습관이 결국 나를 만든다

07 공부근육 키우기

08 아들에서 남자로

부모의 자식으로 태어나

부모의 자식으로 태어나
준비도 없이 자식의 부모가 되고
부모의 부모가 되어 잠시 은혜를 갚다가
자식의 자식이 되어 신세를 지는 듯싶더니 삶이 끝난다.

삶은 쉬지 않고 전진합니다.

어린 줄만 알았던 아들이 자라고 자라 이제 저만큼 힘이 세졌습니다. 팔씨름을 하면 도저히 이길 수가 없네요. 제 나이 오십이 되자 기다렸다는 듯 오십견이 찾아왔습니다. 오른쪽 어깨가 부드럽게 돌아가질 않아요. 나이 드신 부모님 건강도 염려되고, 노후에 대한 불안감도 큽니다. 하지만 가장 큰 짐은 세 아들의 미래입니다.

기독교와 불교에 밀리지 않는 교세를 자랑하는 대학교에 귀의

한 가정들이 오늘도 입시를 향해 미친 듯이 내달리고 있는데 세 아들을 데리고 홈스쿨링이라니… 제 아이들은 어떤 미래를 살게 될까요? 사실 저도 궁금합니다.

그런데 어느 날 알게 되었죠. 우리 아이들의 미래를 궁금하게 여기는 사람들이 또 있다는 걸. 아래층 사는 두 아이 엄마는 엘리베이터에서 제 아들을 만나면 꼬치꼬치 묻는다네요. "홈스쿨링 장점은 뭐니? 어려운 점은 없니? 너희 부모님 대단하시다…" 아마도 궁금하긴 한데 제게 묻기에는 부담을 느끼셨나 봐요.

일면식 없는 가정이 제게 메일을 보내 문의를 하기도 합니다. "건너건너 소개받았습니다. 실례를 무릅쓰고 질문을 드립니다. 우리 아이가 학교 가기 싫다고 하는데요, 어떻게 하면 좋을까요?"

그분들께 일일이 대답하는 대신 글을 쓰는 게 좋겠다고 생각했어요. 책의 초안을 제본해서 친구들에게 나누어 주었더니, 친구 하나가 카톡으로 물어 왔습니다. 책을 선물해 주고픈 가정이 있는데 언제 출간이 되느냐고. 그 말에 격려 받아 마음을 다잡고 이 책을 썼습니다. 제 글을 읽는 아버지들의 마음에 변화가 일어나길 바랍니다.

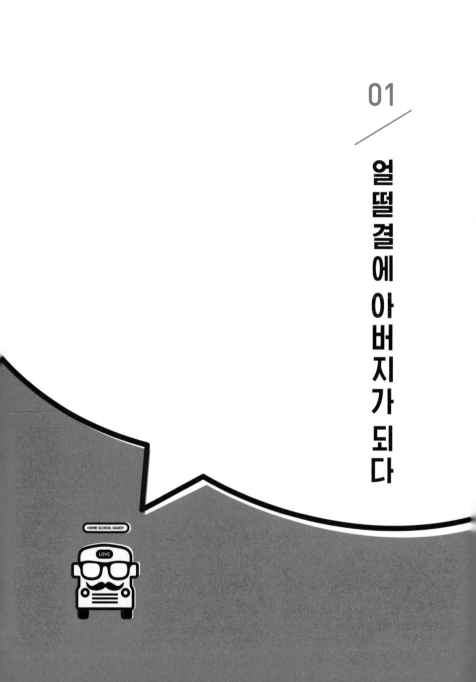

01

얼떨결에 아버지가 되다

아버지 역할, 그거 쉽지 않습니다

우리 집은 아이 셋을 키웁니다. 세 명 모두 아들입니다. 위로의 말씀, 감사합니다. 좀 힘들긴 해도 살다 보니 살아지네요. 가족이 함께 엘리베이터에 타면 이웃들이 묻습니다.

"셋 다 이 집 아들인가요? 와, 애국자시네."

어느 때부터인가 동네에서 우리 가족은 애국자 집안으로 통합니다. 하지만 뿌듯함은 잠깐이고 고단함은 계속됩니다. 아이 키우는 고단함이란 이런 거지요. 큰아들 현민이가 세 살 때 공원에서 사라지는 바람에 제가 반시간가량 뛰어다니며 찾았던 적이 있습니다. 아내를 안심시키려고 의연한 척 표정을 지었지만 사실 저도 두려웠지요. 그때엔 정말 심장이 터지는 줄 알았어요. 어느 날인가는 대중목욕탕에 갔다가 아이가 목욕탕 바닥에 응가를 해버렸습니다. 쪼그려 앉아 아이 응가를 치우는데 벌거벗은 제 등과 엉덩이에 사람들의 시선이 꽂히는 게 느껴졌어요. 아, 어찌나 창피하던지….

그런데 진짜 문제는 아이가 열 살이 넘으니 찾아오더군요. 4학년 큰아들이 학교에 가기 싫다고 했습니다. 그 후 1년간 아이를

12

설득하고 도와주다가 결국 5학년 가을에 자퇴시켰습니다. 동생들도 형 따라 자퇴했지요. 저희 어머니는 제게 이렇게 말씀하십니다.

"너는 내가 대학교까지 가르쳤는데, 왜 너는 네 아들을 초등학교 중퇴시키냐?"

그 이후 우리 집은 서울대 졸업한 아빠와 초등학교 중퇴 아들 셋이 함께 사는 특이한 가정이 되었어요. 지난 6년간 여러 가지를 경험하고 배웠습니다. 그래서 저는 자신 있게 말할 수 있어요. 아버지 역할, 그거 정말 쉽지 않다고요. 섣불리 덤비지 마세요. 공부하고 준비하세요. 갑자기 훅~ 들어옵니다.

어서 와~ 회장은 처음이지?

저는 서른이 넘은 나이에 결혼을 했고 이듬해 회장이 되었습니다. 가정의 회장이요.

생각해 보세요. 결혼이랑 제일 비슷한 현상이 기업 간 합병입니다. 업력이 30년쯤 되는 두 개의 기업이 주식을 맞교환하고 합병하는 게 결혼입니다. 그러고 나면 한두 해 사이에 계열사가 태어나지요. 이제 철부지 남편은 아빠가 됩니다. 계열사 거느린 기업의 대표를 뭐라 부르나요? 네, 회장입니다. 그래서 저는 2002년에 회장이 되었습니다.

회장은 팀장이랑 다릅니다. 팀장은 스스로 뛰면서 일합니다. 갓난아기 키우는 초보 회장은 처음에 팀장처럼 육아를 합니다. 선배들 이야기를 듣고 책을 읽으면서 어설프게 아이를 돌보지요. 공동대표의 핀잔이 만만치 않지만 의욕은 넘칩니다. 그러다가 반년쯤 지나면서 점점 의욕이 사라집니다. 아기에게 분유 타먹이는 일이 처음에는 재미났는데 점점 귀찮아집니다. 아무리 달래도 울음을 멈추지 않는 아기를 보면 짜증이 나죠. 내 자식만 아니면 소파에 던져 버리고 싶습니다. 저는 딱 한 번 던져 봤습니다. 죄책감이 엄청 들더군요. 여러분, 아무리 화가 나더라도 아이를 던지지는 마세요.

아이가 자라서 10대에 들어서면 아버지는 더 이상 팀장처럼 행동하면 안 됩니다. 회장은 회장답게 가정을 이끌어야지요. 회장은 팀장과 무엇이 다를까요. 회장은 몸 대신 머리를 써서 가정을 이끌어야 합니다. 요즘 기업들 보세요. 하나같이 미션, 비전, 핵심가치 이런 거 정하고 가르치지 않나요? 회장이 모든 직원에게 일일이 지시할 수 없으니까 그렇게 하는 겁니다. 아버지도 마찬가집니다. 10대 아들에게 시시콜콜 이래라저래라 간섭할 수 없지요. 그 대신 가정의 원칙을 정하고 아이들이 이를 지켜 가도록 이끌어야 합니다.

그런데 많은 가정에서 아버지들은 회장이 아니라 개미투자자처럼 행동합니다. 경영에는 참가하지 않고 배당만 기대합니다. 자녀교육은 엄마 몫이라며 떠넘기고 뒤로 빠지는 거지요. 기업의 미래를 이끌어 갈 인재를 키우는 것이 회장의 책임인 것처럼 자녀를 가르치고 훈계하는 것이 아버지의 책임입니다. 그리고 그건 결코 가볍지도 않고 간단한 일도 아닙니다. 이 책을 읽는 아버지 여러분, 회장으로 승진하신 걸 축하합니다. 그리고 또한 심심한 위로의 말씀을 전합니다. 힘내세요!

아들 키우다가 미쳐 버릴 것 같은 아빠들에게

아들 키우다가 미쳐 버릴 것 같다고요? 네, 맞습니다. 아들 키우는 거 많이 힘듭니다. 기왕이면 딸을 낳으세요. 저는 어쩌다가 아들만 셋을… 흑흑, 하지만 어쩝니까. 이미 아들을 셋이나 낳아 놓았는데 좋든 싫든 키워야지요. 누가요? 아빠인 제가요.

열두 살이 넘어가면 아들은 더 이상 엄마 말을 듣지 않습니다. 열다섯 살 넘어가면 엄마보다 키도 커지고 힘도 세집니다. 그때부터 엄마와 아들은 사사건건 다투게 되지요. 이때부터는 아버지가 개입해야 합니다. 그런데 제 경험에 비추어 보니, 아버지가 더 일찍 육아와 훈육에 참여하는 게 좋더군요. 10년 가까이 자식농사를 엄마에게 맡겨 뒀던 아버지가 갑자기 아이들을 훈육하기 시작하면 아이들은 반발합니다.

육아하는 아빠의 롤모델로 '스칸디나비아 대디'가 유행인 때가 있었지요? 역사를 따져 보면 그들은 망나니 해적 바이킹의 후손입니다. 그런데 어떻게 해서 스칸디나비아 아빠들은 책임감 강한 아버지가 된 걸까요? 어느 다큐멘터리에서 스웨덴의 한 아버지가 말하더군요. '가정의 제1 양육자는 아버지'라고요. 저는 그때 충격을 받았어요. 그리고 결심했지요.

"나도 제1 양육자가 되겠다. 내 아들은 내가 키운다!"

아들 키우다가 미쳐 버릴 것 같은 아버지가 계신가요? 힘내세요. 그놈들이 나중에 효자 노릇 할 겁니다. 의심이 든다고요? 그냥 그렇다고 믿어 두세요. 설사 그렇지 않더라도 아버지의 책임은 사라지지 않습니다. 피할 수 없으면 즐깁시다. 힘들어도 그게 답입니다.

학교 가기 싫은 아들, 회사 가기 싫은 아빠

"아빠, 학교 가기 싫어요!"

초등 4년생 현민이가 학교에 가기 싫다고 말했습니다. 그래서 제가 바로 답해 주었지요.

"나도 회사 가기 싫어!"

학교 가기 싫은 아들과 회사 가기 싫은 아빠는 그렇게 힘겨루기를 시작했습니다. 제가 아들을 앉혀 놓고 왜 학교에 가야 하는지 설명했습니다. 저는 정말 차분하게 그리고 사리에 맞게 말했답니다. 저 스스로도 감탄할 정도로 논리정연한 설명이었습니다. 그런데 아들은 못 알아듣더군요. 결국 제가 아이를 윽박지르기 시작했습니다.

"남들 다 다니는 학교를 왜 못 가겠다는 거야. 계속 다녀!"

아이는 징징거리며 학교에 갔습니다. 어느 날엔가는 미술치료 선생님을 모셔 와 상담도 받았습니다. 선생님이 아이에게 가족을 동물이나 음식 등으로 표현해 보라고 하시더군요. 현민이가 아빠 옆에 '인삼'이라고 썼습니다. 선생님이 물었습니다. 무슨 뜻이냐고.

"몸에는 좋은데 맛이 없어요."

선생님은 기발한 답이라고 감탄했지만, 제 입맛은 인삼을 씹은 듯 씁쓸했습니다. '아차차! 내가 하는 말이 옳았지만 아이에겐 한약처럼 버거웠구나.' 그 후로 1년간 저와 아내는 아들에게 정말로 한약을 지어 먹이고 심리치료를 시키는 등 이런저런 노력을 기울였습니다. 그리고 결론을 내렸지요. '아이가 학교를 즐기지 못하고 견디고 있다. 대안을 찾자.'

저희 부부는 아이를 전학 보낼 학교를 찾아보았습니다. 의외로 많더군요. 양평 조현초등학교부터 과천의 작은 대안학교까지 이곳저곳을 찾아다녔습니다. 그런데 딱히 마음에 드는 곳이 없었습니다. 그러면서 동시에 우리 부부는 자녀교육 책을 읽고, 전문가의 수업에도 참여했어요. 자녀교육에 대해 배우러 다니면서 돈도 적지 않게 썼습니다. 그러면서 중요한 걸 깨달았어요. 정작 공부가 필요한 건 아들이 아니라 아빠였다는 사실을.

초·중·고를 마치고 대학도 다녔지만 저는 제가 어떤 삶을 살고 싶은지 명확하게 정의하지 않았습니다. 저도 인생의 방향을 정하지 못하고 살았으면서 아이 진로를 지도한다는 게 얼마나 웃긴 일인지 알게 되었지요. 저는 단 한 번도 어른이 되고 아버지가 되는 법을 배우지 못했습니다. 그런데 아무런 준비도 없이 덜컥 남편이 되고 아버지가 된 것이 문제의 핵심이었습니다.

학교 가기 싫은 아이도 문제였지만, 회사 가기 싫은 아빠가 더 문제였습니다. 그래서 아이를 도와주는 과정에서 제 문제도 풀었습니다. 자식은 부모의 스승이라던가요? 아들은 제게 화두를 던지는 선승 같은 존재였습니다. 아들이 던진 질문을 풀고 풀어 보니 내 인생이 바뀌었으니까요.

아들이 바꾸어 놓은 내 인생

1978년 저는 반포에 위치한 원촌초등학교(당시 국민학교)에 2학년으로 편입했습니다. 그 일대가 둥근 마을이어서 새로 지은 학교 이름이 원촌(圓村)이 된 것이었지요. 강남 한복판에 원촌이라니… 촌스럽기는…. 당시 우리 가정은 '고자 아파트'라고 불리던 주공아파트에 살고 있었지요. 이런 우스꽝스러운 별명이 붙은 것은 정관수술자에게 청약우선권을 주던 제도 때문이었어요. 정부의 산아제한 정책의 일환으로 입주를 희망하는 사람에게 정관수술 증명서를 요구하는 제도였습니다. 요즘이라면 단박에 인권침해 논란거리가 될 테지만, 군사정권이 집권하던 당시에는 아무런 문제도 되지 않았지요.

학교 정문까지 내달리면 3분도 되지 않을 거리에 위치한 334동 105호가 우리 집이었습니다. 부대시설도 없이 아파트만 잔뜩 지어 놓은지라 학교에는 학생들이 넘쳐날 지경이었지요. 2학년은 오전·오후반으로 운영했는데도 한 반 인원이 오전 100명, 오전 100명이었으니까요.

등굣길에 저는 학교 정문에서 '국기에 대한 경례'를 하고 들어

갔습니다. 그걸 안 하면 선생님이 학교 안으로 들여보내 주질 않았거든요. 교실에 들어서면 먼저 담임선생님께 인사를 드리고 다음으로 하는 일이 있었어요. 왁스 바른 손걸레로 나무 바닥을 닦아 광을 내는 일이었습니다. 당시 모든 학생들에게 바닥 두 줄씩 배정되어 있었답니다. 체육시간이면 학교 운동장을 가로지르며 잡초를 뽑고 돌멩이를 걷어 내는 게 수업이었어요. 그런데도 저는 학교를 좋아했어요. 제게 학교는 놀이터이자 공부방이자 도서관이었으니까요. 사실상 제게는 세상의 전부였지요. 그래서 학교에 가기 싫다는 친구를 이해하지 못했습니다.

어느 날 선생님이 숙제검사를 했어요. '숙제검사를 왜 하지?'라는 생각을 했어요. 그리고 곧이어 30명 정도가 숙제를 하지 않았다는 사실에 놀랐지요. '무슨 생각으로 선생님이 내주신 숙제를 안 해왔지? 제정신이야?' 제가 어떤 학생이었는지 아시겠지요. 저는 감기에 걸려 열이 나더라도 학교는 꼭 가야 한다고 믿는 모범생이었습니다. 그래서 정말로 6년 개근상을 받으며 초등학교를 졸업했습니다.

저는 초등학교 바로 옆에 지어진 원촌중학교에 1기 입학생으로 진학했습니다. 남녀공학이라서 여자친구를 사귈 법도 한데 저는 성실히 공부에만 집중했어요. 반장도 되고 학생회 활동도 했습니다. 나중에 서울대학교에 합격까지 했으니, 요즘 말로 '핵인싸'였던 겁니다.

그러니 생각해 보세요. 정작 제 아들은 학교를 자퇴하고 싶다고 하니 제가 얼마나 놀랐겠습니까? '내 아들 맞아? 난 금수저는 아니어도 엘리트급이었다고. 그런데 넌 어떻게 학교를 중퇴하니? 그것도 초등학교를.'

그러던 제가 2012년부터 1년간 아이를 붙잡고 울기도 하고 화내기도 하면서 아이를 이해하기 시작했습니다. 1등은 아니어도 늘 선두에서 학교생활을 했던 저는 이제 줄 뒤쪽에 서야 하는 아이의 삶을 맛본 거지요. 그런 변화가 있지 않았다면, 세월호 사건도 제가 큰 영향을 주지 않았을 겁니다. 1년에도 몇 건씩 터지는 대형 사건사고 중 하나에 그쳤겠지요. 하지만 세월호 소식을 들었을 때 이미 저는 아이들을 가슴에 품은 아빠가 되어 있었습니다.

2014년 4월 16일, 아침부터 혼란스러웠습니다. 뉴스가 오락가락해서 해경이 아이들을 전원 구조했다는 건지 못했다는 건지 알수가 없었지요. 도대체 몇 명이 살고 몇 명의 아이들이 차가운 바닷속에 남아 있는지 정확하게 알 수가 없었습니다. 가족이 모두 외출한 그날 밤, 저는 무릎을 꿇고 소파에 엎드려 기도를 했습니다. 한 명만이라도 더 살아 나오게 해달라고요. 갑자기 눈물이 터졌습니다. 내 새끼도 아닌 남의 자식을 위해 눈물이라니요. 그런데 눈물이 그치질 않았어요.

나이 마흔이 넘어서 그렇게 많이 운 적은 지금까지도 없습니다. 그 사건 이후 저는 변했습니다. 처음에는 슬펐고, 이어서 화가 났고, 나중에는 부끄러웠습니다. 한국이란 나라가 고작 이 수준이란 말인가. 시간이 흐르면서 슬픔의 통증은 잦아들었지만, 마음속에서 하나의 메시지가 선명하게 떠올랐습니다. '하나라도 더 구하자.'

뭐라도 하지 않으면 안 된다는 책임감이 강박적으로 저를 사로잡았습니다. 그해 말 저는 회사에 사표를 냈습니다. 사건 두 달 후 처음 말을 꺼냈고, 세월호 사건 때문이라는 제 말을 의심하던 회사는 결국 6개월 만에 사표를 받아 주었지요. 그게 5년 전 일입니다.

저는 지금도 찬물로 샤워를 하다가 문득 세월호 아이들을 생각합니다. '아이들이 이런 찬물 속에서 숨을 헐떡이며 엄마 아빠를 찾았을 텐데….' 언제 아이들이 우리를 떠날지 모르는 일입니다. 어쩌면 제가 아이들을 두고 떠날 수도 있고요. 그래서일까요. 우리 부부는 매일 아침마다 아이들을 꼭 껴안습니다. 가끔 우리 집에 놀러 오는 아들 친구도 예외가 아닙니다. 제 포옹을 피할 수 없습니다.

덩치는 크고 말은 함부로 하더라도 사실 아이들은 약합니다. 여전히 부모의 미소와 어른들의 격려가 필요하지요. 그런데 우리 어른들은 너무 일찍부터 아이들을 과도한 경쟁으로 내몰고 있는 건 아닐까요? 진지하게 자문해 봅니다.

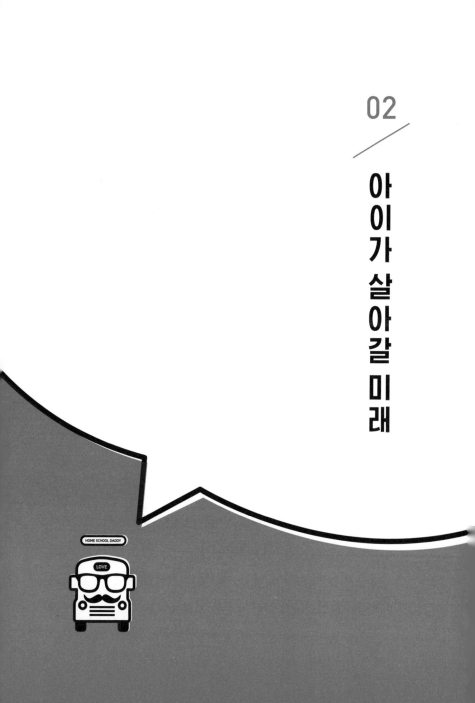

02

아이가 살아갈 미래

아빠의 자녀교육은 다릅니다

제 경험에 비추어 보면 아빠의 자녀교육과 엄마의 자녀교육은 본질적으로 다릅니다. 아내의 자녀교육이 감성적이고 주관적인데 비해, 저의 자녀교육은 이성적이고 객관적이지요. 저희 집은 마치 드라마에 나오는 가정처럼 단호한 아빠, 자상한 엄마의 조합이지요. 그래서 여성 작가가 쓴 자녀교육 책을 읽고 있으면 제 손이 오그라드는 걸 느낍니다. '내가 아들에게 이렇게 말하면 아들은 뭐라 할까?' 쉽게 상상이 되질 않아요. 그래서 저는 제가 잘할 수 있는 이성적 자녀교육에 집중하기로 했어요. 아이 엄마가 감성적인 부분을 잘해 주고 있으니 저는 아빠의 몫에 집중하는 거지요.

아내와 제가 이렇게 역할을 나누게 된 데에는 그만한 계기가 있었습니다. 몇 해 전 회사에서 리더십 진단을 받았는데요, 진단 결과를 보니 저는 관계지향성이 낮고 과제지향성이 높은 성향을 가지고 있더군요. 쉽게 말해서 사람은 뒷전이고 일만 한다는 거지요. 변명하고 싶은 생각이 들었습니다.

'나만 이런 게 아니야. 다들 이런다고. 한국에서 직장생활 하는 중년 남자들 상당수가 이런 성향을 보일걸? 그렇게 일하지 않으면

회사에서 인정받지 못하니까.'

하지만 독감이 유행이라고 해서 제가 독감 걸린 게 정상이라는 말은 아니잖아요. 명색이 사람을 소중히 여긴다는 인사컨설팅 회사의 매니저인데 말이죠. 게다가 당시에 저는 세 아들을 키우면서 마음고생을 하고 있던 터라 과제지향성 인간이란 말에 적잖이 괴로웠지요. 진단 결과를 해석해 주던 코치에게 제가 물었습니다.

"저는 마음이 따뜻한 리더가 되고 싶은데요, 결과는 반대로 나왔습니다. 어떻게 해야 이런 성향을 바꿀 수 있을까요?"

그때 코치가 준 답이 제게 큰 위안이 되었고 지금까지 제 자녀교육의 지침이 되었습니다.

"성향을 바꾸려 하지 마세요. 그건 바꿀 수 있는 게 아니랍니다. 변화하려는 사람들의 노력이 실패하는 이유가 뭔지 아세요? 자기와 싸우기 때문이에요. 자기 자신과 싸워 이기는 건 정말 힘들어요. 그 대신 자기 자신의 성향을 활용하세요. 이렇게 생각해 보면 어떨까요? 선생님은 과제라면 반드시 해내는 분이잖아요. 그러니까 주변의 사람을 키우는 걸 과제로 삼고 접근해 보세요."

순간 눈이 번쩍! 그렇게 하면 되는구나! 마음이 따뜻한 리더가 아니라는 사실 때문에 죄책감에 시달렸던 저는 해방감을 느꼈습니다. 제가 처음부터 마음이 따뜻한 사람은 아니더라도 사람을 키우는 리더가 될 수 있어요. 이게 무슨 말인지 아시겠나요? 마찬가지로 제가 마음이 따뜻한 아빠가 아니더라도 아들 잘 키우는 아빠는 될 수 있다는 말이잖아요!

그 이후 저는 억지로 자상하고 나긋나긋한 아버지가 되려고 애쓰지 않습니다. 때로는 일부러 불친절하게 행동하기도 합니다. 제가 살아 보니 세상이 제게 늘 친절하지는 않더라고요. 그러니 저도 아이들이 세상을 있는 그대로 경험하게 해줘야 하지 않겠습니까? 아이들에게 친절하고 사근사근한 아버지가 되는 대신 저는 세 아들에게 세상의 흐름을 알려 주고 미래를 준비하도록 도와주고 있어요. 그게 제가 제일 잘할 수 있고 또 아들에게 필요한 것이니까요. 그리고 그 과정에서 하나 덤으로 배웠습니다. 행동을 하면 마음이 따른다는 진리를 말이죠. 아들 잘 키우려고 노력하니 아들에 대한 사랑도 자라나더라고요.

아버지 여러분, 아빠는 엄마와 다릅니다. 성향이 전혀 다른 사람들이 쓴 자녀교육 책 읽고서 좌절하지 마세요. 어울리지 않는 옷을 입은 것처럼 어색한 모습이 되려고 애쓰지 말고 조금은 퉁명스럽더라도 아빠다운 자녀교육을 해보세요. 아버지 직업이 건축가인가요? 그렇다면 건물의 기초는 어떻게 다지고 기둥은 어떻게 올리는지 자녀에게 설명해 주세요. 아이들은 그 내용을 들으면서 인생을 건축하는 데 유용한 통찰을 찾아낼 겁니다. 아버지 직업이 프랜차이즈 음식점 관리자인가요? 그렇다면 음식을 만들 때 재료가 얼마나 중요한지, 진상 손님은 어떻게 달래서 돌려보내는지 알려 주세요. 아이들이 인생을 살아가는 데 도움이 되는 지혜를 배울 겁니다. 원래 아이들은 아빠한테서 그렇게 배우는 겁니다. 자녀 교육 전문가가 탁월할지는 몰라도 내 아이를 키워 주지는 않을 거잖아요. 그러니 우리는 우리 식으로 아이를 키우자고요. 자고로 아빠는 아빠다울 때가 가장 멋지답니다.

미래는 이미 와 있다.
단지 골고루 퍼져 있지 않을 뿐이다

입법 예고대로 오는 7월 1일부터 인간운전금지법이 전면 시행됩니다. 이는 2024년에 도입된 자율주행차 상용화의 후속 조치에 해당합니다. 2026년 무인주행이 허용된 이후 인간의 운전을 언제까지 허용할지에 대한 사회적 논의가 계속되었습니다. 지난 2년간 공청회를 통해 시민들은 자율주행 기술이 완성 단계에 도달했다고 판단했습니다. 그리하여 여야가 인간운전금지법을 전면 시행하기로 합의한 것입니다.

2030년 어느 날의 가상 뉴스입니다. 테슬라의 CEO 엘론 머스크(Elon Musk)는 2030년이면 인간운전이 금지될 거라고 예견합니다. 기술 발전의 속도를 감안하면 불가능한 예측도 아닐 겁니다. 지난 10년간 스마트폰은 우리의 일상을 극적으로 바꿨지요. 앞으로 10년간 우리 일상을 더욱 극적으로 바꿀 기술은 무엇일까요? 아마도 자율주행 기술일 겁니다. 자동차가 전화만큼이나 우리 일상의 핵심 부분이기 때문이지요.

자율주행이 가능한 무인자동차 시대가 열리면 세상은 이렇게 바뀔 겁니다. 차는 예전처럼 팔리지 않을 겁니다. 비싼 돈 주고 산 차를 대부분 시간 동안 주차장에 세워 두느니, 사람들이 차를 빌려 탈 테니까요. 그렇다고 택시 산업이 호황을 누리는 것도 아닙니다. 사람들이 스마트폰으로 택시를 부르면 무인택시가 승객을 찾아갑니다. 목적지에 도착한 승객이 택시에서 내리면 자동으로 결제가 되지요. 이 과정에서 택시기사는 필요하지 않습니다. 결국 자동차 제조업이 고생하고 택시운송조합이 문을 닫게 될 겁니다. 또한 사고가 줄어들면서 정비업과 보험업도 쇠퇴하겠지요. 차끼리 의사소통을 하게 되면서 도심 속 신호등도 사라질 테고요.

터무니없는 얘기라고요? 과연 그럴까요? 2018년 10월 성남시는 무인버스를 시험 운행하기 시작했습니다. 너무 느려서 사거리 교통정체를 일으키는 수준이지만 점점 더 빨라지겠지요. 미래학자 윌리엄 깁슨(William Gibson)이 했던 말을 기억해 봅니다.

"미래는 이미 와 있다. 단지 골고루 퍼져 있지 않을 뿐이다."

우리는 2019년을 살고 있지만, ICT 스타트업이 모여 있는 판교의 현재 시각은 2022년입니다. 그곳에서 시작한 미래는 조만간 파도처럼 너울거리며 서울을 덮칠 겁니다. 제가 할아버지가 되면 손주들에게 이렇게 말하는 날이 오겠지요.

"예전에는 사람이 직접 운전을 했단다. 믿기 힘들겠지만 졸음운전을 하다가 사고가 나서 사람이 죽기도 했지. 정말이라니까. 진짜로 사람이 운전을 했어."

이처럼 세상이 변하면 직업 세계도 지금과 다를 겁니다. 우리가 아는 직업 중 절반 정도는 사라진다고 하지요. 반대로 지금 없는 직업들이 생겨나겠죠. 그 말은 우리가 이름을 아는 직업을 목표 삼아 아이들이 공부하면 나중에 할 일이 없을 거라는 얘깁니다.

우리 아이가 살아갈 로봇 세상

인공지능을 선두로 디지털 변혁이 진행 중입니다. 그 와중에 직업이 사라진다는 두려운 뉴스가 끊이질 않네요. 아이들이 성인이 되었을 때 과연 어떤 일이 일어날지 걱정입니다. 반면 낙관주의자들은 그렇게까지 걱정하지 않아도 된다고 주장합니다. 산업혁명 시기에도 공장에 도입된 기계가 사람을 밀어낸다는 두려움이 있었지만 별 탈 없이 지나갔다면서요. 18세기 영국의 기업인들이 방직공장에 기계를 도입했습니다. 기계의 생산성을 따라가지 못하는 공장원들은 해고를 두려워했지요. 직원들은 기업인들이 자신을 함부로 해고하지 못하도록 단체행동을 준비했습니다. 하지만 기업 편에 선 정부가 직원들의 단체행동을 법으로 금지하자 궁지에 몰린 노동자들은 기계를 부수기 시작했습니다. 당시에 단체행동을 이끌었던 사람의 이름을 따서 이를 러다이트(Luddite) 운동이라 하지요. 그런데 시간이 흐르자 걱정과 달리 노동생산성이 늘고 다양한 서비스업이 생기면서 사람들은 우수하고 값싼 공산품을 즐기는 중산층으로 성장했습니다. 낙관론자들은 이번에도 그렇게 위기가 지나갈 것이라고 예상합니다. 과연 무엇이 맞을까요?

제가 현실적인 이야기를 해드리지요. '로봇은 지루한 일을 하고 사람은 창의적인 일을 할 것'이라는 기대는 틀렸습니다. 예를 들어 설명하지요. 현대자동차 울산공장에서 차 한 대가 만들어질 때 용접은 대략 4~8천 번 발생합니다. 그중 사람이 하는 용접은 몇 번? 예, 단 한 번도 없어요. 기계가 더 용접을 잘하기 때문일까요? 꼭 그런 건 아닙니다. 현대자동차 임원 한 분이 단호하게 말씀하시더군요. 사람보다 기계의 비용이 싸기 때문에 기계를 쓴다고요. 반면 공장 청소는 로봇 대신 사람이 합니다. 그 이유는? 사람의 비용이 더 싸기 때문이지요. 기업이 기계와 사람 중에서 선택하는 기준은 바로 '비용'입니다. 좀 서글프기도 하지만 이게 현실이에요.

그래서 결론은 이런 거지요. "로봇보다 인건비가 싸야 고용이 가능해진다." 아, 이런… 절망스러운가요? 반대로 뒤집어 보면 희망이 보입니다. 로봇으로 구현하기에는 돈이 많이 드는 영역에서 계속 고용이 지속된다는 말이 됩니다. 미용실에서 머리를 다듬는 헤어스타일리스트 로봇이 등장할까요? 제가 헤어살롱 대표들께 직접 물어봤습니다. 그랬더니 아니라고 하시더군요.

"헤어디자이너는 단순히 머리를 자르고 염색을 하는 기술자가 아니에요. 고객들과 대화하고 교감하는 능력을 가진 디자이너들이라고요. 여성 고객이 머리를 한번 하면 대략 20만 원에 3시간

정도 들어요. 그 시간에 뭘 하겠어요. 계속 이야기해요. 그래서 고객과 소통 잘하는 디자이너는 예약 받아 놓고 일해요. 월 천만 원 넘게 버는 헤어디자이너들이 얼마나 많다고요. 그런데 그 일을 로봇이 한다? 글쎄, 저라면 로봇 디자이너 안 쓸 거예요."

전문가 의견도 비슷합니다. 2013년 옥스퍼드 대학은 『고용의 미래(Future of Employment)』라는 보고서를 발간했습니다. 텔레마케터, 현금출납원 등은 25년 내에 사라질 확률이 99퍼센트라고 하네요. 이 밖에도 여러 직업의 위기를 진단하는데 제가 그 패턴을 찾아냈습니다.

첫째, 정해진 순서대로 단순한 작업을 수행하는 직업은 사라집니다. 예컨대 2018년 뉴스는 신촌 일대 점포 15곳에서 설치된 무인주문기 28대가 42명분 아르바이트 일자리를 없앴다고 전합니다. 5년 전 예측이 실제로 일어나기 시작한 거지요.

둘째, 사람을 상대하는 직업은 비교적 고용이 지속됩니다. 옥스퍼드의 예측에 따르면 25년 후에도 생존 확률이 99퍼센트가 넘는 직업들은 사회복지사, 재활치료사, 영양사, 성직자 등입니다. 면대면 대화와 감성적 응대가 핵심인 직업에서는 로봇이 사람을 대체하지 못할 것이라는 예상, 충분히 가능하지요?

셋째, 통섭적·창의적 사고가 필요한 직업에는 고용이 늘어날 전

망입니다. 대표적 예가 데이터 사이언티스트지요. 10년 전에는 존재하지도 않았던 이 직업은 현재 '미국 최고의 직업' 목록에서 3년 연속 1위를 차지했습니다. 빅데이터를 분석하고 거기서 사회적·경제적 의미를 도출하는 직업인데, 여기에는 과학적 사고, 공학적 능력, 인문학적 소양이 두루두루 필요합니다.

이제 아버지들은 자문해 보아야 합니다. 여러분은 학교에서 이런 미래에 대비하도록 교육 받으셨나요? 현재의 공교육은 우리 자녀에게 미래에 필요한 준비를 제대로 시키고 있을까요? 부모가 보충해 주어야 하는 건 뭘까요? 사회생활을 하면서 세상 돌아가는 이야기를 비교적 많이 듣는 아버지들이 이 질문을 외면한다면, 우리 가정에서 이 질문에 답할 사람은 없는 겁니다. 그러면 우리 아이들은 준비 없이 세상에 내몰리게 되지요. 그 결과요? 안타깝지만 나이 서른이 넘어서도 부모에게 의탁하는 캥거루족 자녀들이지요.

생각해 보세요. 나이 든 부모님과 철없는 자녀를 함께 부양하다 보면 우리는 환갑이 넘어서도 은퇴하지 못합니다. 그러니 아이 엄마에게 자녀교육을 떠넘기지 마세요. 학교가 아이의 미래를 책임져 줄 거라 기대하지도 마세요. 아버지가 자녀를 도와주어 그들이 직접 해결해야만 합니다. 아버지들, 정신 차리세요. 이 문제 해결 못하면 우리가 독박 써요!

본사 박 부장이 사람 아니라던데?

요즘 저는 삼성전자의 요청으로 반도체 엔지니어에게 강의를 하고 있습니다. 강의 중에 저는 광고 두 개를 보여주고 무엇을 선호하는지 묻습니다. 그중 하나는 사람이 만든 것이고 다른 하나는 인공지능이 만든 거예요. 그런데 결과가 놀랍습니다. 약 80퍼센트가 인공지능이 만든 광고를 더 좋아하고, 젊은 사람일수록 인공지능의 작품을 더 좋아하더군요.

컴퓨터는 인간보다 계산 능력, 기억력이 뛰어납니다. 하지만 창의적 사고나 공감 분야에서는 여전히 인간이 컴퓨터보다 앞서지요…라고 생각하시나요? 사람들이 인공지능 감독의 광고를 선호하는 걸 보면 꼭 그렇지도 않아 보여요.

인공지능의 능력이 날로 발전하고 있습니다. 이제는 화면으로 만나는 사람이 진짜인지 가짜인지 구분하기도 어려울 정도가 되었습니다. 2017년에 워싱턴 대학 연구팀이 가짜 오바마 대통령 영상을 만들어 내서 화제가 되었지요. 나중에 가면 우리 아이들은 사람의 얼굴을 가진 인공지능 매니저 밑에서 일하게 될지도 모릅니다. 어쩌면 오바마 대통령의 얼굴을 가진 매니저요.

직원들이 휴게실에서 이렇게 말하는 날이 올지도 모릅니다.

"그 얘기 들었어? 본사에서 일하는 박 부장이 사람이 아니라던데? 인공지능 매니저래. 우리가 원격회의에서 보는 얼굴은 CG로 만들었다는데 정말 감쪽같지 않나?"

미래가 어떤 모습일지 정말 궁금하고 기대됩니다. 걱정도 되고요. 그런데 지금의 학교는 우리 아이들이 미래에 대비할 수 있도록 가르치고 있는 걸까요?

군대 안 가고 세금 안 내도 웃을 수 없는 이유

"클로바, 아침에 어울리는 즐거운 음악 들려 줘."

아침마다 아이들은 인공지능 스피커에게 음악을 요청합니다. 세상에는 이런 스피커가 여럿 있지요. 지니, 시리, 빅스비 등 우리 주변에 인공지능 비서를 부르는 목소리가 늘고 있어요. 눈에 보이는 형체만 없을 뿐 인공지능은 어느새 우리 삶 속에서 비서 노릇을 하고 있습니다. 그런데 미래에도 인공지능이 비서로 남아 있을까요?

알파고를 생각해 보세요. 대국을 벌이기 전 이세돌 씨는 4:1 또는 5:0 으로 자신이 이길 거라고 말했습니다. 하지만 그건 두 선수가 직접 만나기 몇 달 전 이야기죠. 알파고에게 한 달은 사람으로 치면 수년간 수련을 할 수 있는 시간이었어요. 결국 승부는 4:1 로 알파고의 승리로 끝났습니다. 언론은 이세돌이 1승이라도 거둔 것을 자축했지만, 사람들은 의심했지요. 아무래도 알파고가 다섯 판을 내리 이긴다면 인공지능을 두려워하며 연구를 반대하는 세력의 저항이 커질까 봐 하사비스(Demis Hassabis)가 이끄는 알파고 팀이 일부러 져준 것이라고.

그게 벌써 3년 전 일입니다. 이제는 인간 누구도 바둑에서 인공지능을 이기지 못하지요. 기술 발전 속도를 감안할 때 인공지능이 인간의 도우미 역할에만 머물지는 않을 듯합니다. 조만간 단순 업무를 처리하는 비서를 넘어 의사 결정을 대신하는 비서실장이 될 것으로 보입니다.

　현재 인공지능은 '시청까지 가는 가장 빠른 길이 뭐냐'는 질문에 대답하는 수준에 머물고 있지요. 하지만 머지않아 개인비서 앱은 사용자의 일정과 위치를 확인하고 사용자에게 '서두르세요'라고 재촉할 겁니다. 동시에 상대방에게 '15분쯤 늦겠습니다. 죄송해요'라고 메시지도 보내겠지요. 주말이면 비서실장은 영화 세 편을 예약하고 사용자에게 무얼 볼 거냐고 물어볼 겁니다. 사용자가 영화 한 편을 고르면 나머지 두 편은 취소하겠지요. 그 다음으로 비서실장은 영화를 함께 볼 친구들을 찾기 위해 다른 비서실장들에게 연락을 합니다. 이렇게 해서 사용자들은 비서실장이 예약한 영화를 보겠지요.

　인스타그램과 페이스북을 검색한 비서실장은 사용자의 취향과 최근의 연애 상황을 파악합니다. 그 다음 미혼남녀가 많은 소셜 모임에 프로필을 소개하고 깜짝 소개팅도 주선하겠지요. 어쩌면 우리는 몇 년 안에 페이스북의 소개로 만나 결혼에 이르렀다는 연애담을 듣게 될 겁니다. 오호라, 정말 신기한 세상 아닌가요? 심지어 미래에는 인공지능에게 데이트 궁합을 묻는 사람도 나올 겁니다.

"빅스비. 내가 요즘 3학년 오빠랑 밥도 같이 먹고 그러거든. 어때, 잘될 것 같니?"

"인스타그램 사진에 자주 나오는 그 오빠 말인가요? 그렇다면 마음을 비우시는 게 좋겠네요. 제가 그 오빠 계정을 검색해 보았더니, 육감적인 외모의 SNS 핫스타 계정을 팔로우 하더라고요. 한마디로 스타일이 완죤 달라요. 상처받기 전에 정리하는 게 좋을 듯."

데이트 궁합은 애교라고 볼 수 있지요. 좀 더 심각한 이슈도 생길 겁니다. 인공지능을 장착한 군인 로봇이 등장하면 군복무가 단축될 겁니다. 그런데 그거 아세요? 지금 이미 휴전선 초소에는 기관총을 장착한 로봇이 배치되어 있다는 사실을. 산업 현장은 또 어떻고요. 로봇의 역할이 늘면서 인간의 근무 시간은 대폭 줄어들 겁니다. 직장이 없는 사람들은 국가가 지급하는 기본소득을 받으며 살아가겠지요. 인공지능과 로봇 덕분에 제 아들이 군대에 가지 않고 일도 하지 않는 꿈같은 날은 언제 올까요? 그런데 그 꿈은 과연 해피엔딩일까요? 그 답을 알기 위해 잠시 역사를 되돌아

볼 필요가 있습니다.

근대국가의 징병제는 프랑스 혁명 때 시작했습니다. 프랑스가 공화정을 시작하자 주변 국가의 왕족들은 위기를 느꼈습니다. 자기 백성들이 프랑스처럼 혁명을 일으킬까 염려했던 거지요. 그들은 연합군을 구성해 프랑스를 공격했고, 프랑스 공화정부는 전 국민을 징병해서 국민군대를 만들었습니다. 용병들로 구성된 연합군과 프랑스의 국민군대 사이에 전투가 벌어졌지요. 결국 프랑스 공화국 군대가 승리했고, 전쟁이 끝나자 상이군인과 유가족은 공화정부에게 복지를 요구했습니다. 납세자 국민들은 참정권 확대를 요구했고요. 국방·납세 의무와 참정권·복지권을 맞바꾸는 거래가 이루어진 거지요.

인공지능의 발전으로 로봇이 국방을 책임지고 사람 대신 일을 하는 시대에도 이 거래가 유지될까요? 군인과 납세자로서 시민의 가치가 줄어도 국가가 국민을 우대할까요? 일부 미래학자들은 인공지능의 발전으로 인해 시민사회가 붕괴할 수도 있다고 예견합니다. 급기야 인공지능에게 국가 운영을 맡기자는 의견이 나올 수도 있습니다. 최대의 성과를 얻기 위해 한정된 자원을 효율적으로 분배하는 일이라면 인공지능이 잘할 테니까요. 지금 같은 기술 발전을 감안하면, 머지않은 미래에 세 아들이 군대 안 가고 세금 안

내는 세상이 올 것처럼 보입니다. 하지만 그때에도 제가 웃을 수 있을까요? 고민이 됩니다.

인구절벽이 주 52시간 근무제를 만들었다

기업들은 주 52시간 근무제로 고민을 많이 합니다. 이를 어길 경우 형사고발 대상이라 기업들이 민감할 수밖에 없지요. 그런데 왜 주 52시간 근무제가 시행되는지는 모르는 눈치입니다. 사실 주 52시간 근무제와 우리 자녀들이 연관되어 있는데 말이지요. 설명을 해볼 테니 들어 보세요.

해마다 출생자가 줄고 있습니다. 인구절벽을 넘어 인구붕괴가 온다고도 이야기하지요. 상황은 정말 심각합니다. 밀레니엄 베이비라 불리는 2000년 출생자는 63만 4,501명입니다. 그런데 그 다음 해에는 55만 4,895명, 또 그 이듬해에는 49만 2,111명이 태어났어요. 2년 만에 출생자 수가 10만 명 넘게 줄어든 겁니다. 놀랍지요.

두려운 일은 곧 일어납니다. 2020년이 되면 02년생이 법적 결혼 가능 연령인 만 18세가 됩니다. 이때부터 성인 여성은 해마다 20여만 명씩 더해집니다. 지금처럼 여성이 자녀 한 명만 낳는다면, 앞으로 20만 명씩 태어날 거라는 말이지요. 의술의 발전으로 기대수명은 늘어나는데 출생자가 줄어들면 무슨 일이 생길까요? 우리 자녀들은 지금 자기에게 용돈 주는 어른들을 부양하느라 허덕

이게 될 겁니다. 선진국들이 바로 그 고민에 빠져 있지요. 그래도 그들에게는 인구 감소가 여러 세대에 걸쳐 천천히 일어났습니다. 그래서 인구 감소에 따른 사회 변화를 대비할 시간이 있었지요. 반면 우리의 경우, 불과 한 세대도 되지 않는 기간에 출생자 수가 절반으로 감소했기 때문에 충격이 엄청날 겁니다.

정부가 지난 10여 년 동안 출산장려 예산 150조 원을 쏟아 부었지만 저출산을 막을 수 없었습니다. 그럴 수밖에요. 저출산의 원인을 사회구조에서 찾지 않고 개별 가정에서 찾았기 때문입니다. 어우 답답해! 왜 우리는 매번 이런 식일까요? 해마다 출생자가 줄어드는 까닭은 청년들이 결혼을 미루기 때문입니다. 청년들이 일단 결혼을 하면 대개 한 명 이상의 자녀를 낳잖아요. 청년들이 결혼을 미루는 것은 취업이 어렵기 때문입니다. 그러니 저출산의 첫째 원인은 취업난입니다.

결혼한 가정이 둘째 아이를 낳지 않는 이유도 생각해 볼까요? 엄마들이 둘째 낳기를 싫어하기 때문인데, 육아독박의 부담이 너무 크기 때문입니다. 아빠들이 집에서 아이를 함께 키우면 엄마들은 용기를 냅니다. 하지만 한국의 아빠들은 너무 바쁘지요. 그래서 저출산의 둘째 원인은 직장인들의 과도한 근무 시간입니다.

정리해 볼까요? 저출산 문제의 근본 해법은 고용 확대와 워라

밸 확보입니다. 이 두 가지를 동시에 해결할 방법은 무엇일까요? 짐작이 되지요? 네, 그래서 주 52시간 근무제가 시작된 겁니다.

그런데 여기에 걱정이 하나 더 생겼습니다. 주 52시간 근무제를 시행해도 고용 확대로 이어질지 불확실하다는 겁니다. 지난 수년 간 인공지능, 자동화 기술이 급격히 발전해서 '고용 없는 성장' 흐름이 생겨났어요. 2018년 고용탄성치는 0.136으로 금융위기 직후인 2009년 이후 9년 만에 가장 작은 수치입니다. 고용탄성치는 취업자 증가율을 실질 국내총생산(GDP) 증가율로 나눈 값입니다. 이 수치가 작으면 경제성장 속도에 비해 고용이 좀처럼 늘지 않았다는 뜻이지요.

바야흐로 '고용 없는 성장' 사회가 시작된 겁니다. 제가 세 아들에게 취직할 생각 말고 창업하라고 가르치는 이유도 여기에 있습니다. 구체적인 방법이요? 저도 고민 중입니다. 지금까지 우리 가정이 찾은 해법은 앞으로 자세히 다루겠습니다. 인내심을 가지고 더 읽어 주세요.

우리 아이는 4차 산업혁명을
즐기게 될까, 견디게 될까?

변화는 늘 승자와 패자를 만듭니다. 산업혁명으로 영국은 세계 제1의 방직국가 인도를 무너뜨렸지요. 디지털 카메라의 등장으로 코닥은 무너지고 캐논은 우뚝 섰습니다. 4차 산업혁명 시대에는 누가 승자가 될까요? 우리 자녀들은 4차 산업혁명의 파도 위에서 서핑을 즐길까요, 아니면 파도에 휩쓸릴까요?

4차 산업혁명의 키워드는 인공지능, 빅데이터, 로봇입니다. 인공지능은 알파고, 자율주행차 등의 모습으로 우리에게 다가왔지요. 몇 해 전 알파고는 우리에게 놀라움을 선사했지만 머지않아 인공지능은 전기처럼 일상의 일부가 될 것입니다. 어제의 마술은 오늘의 기술이 되고, 오늘의 기적은 내일의 일상이 되는 법이니까요.

빅데이터 또한 메가톤급 폭풍입니다. 이미 페이스북은 '좋아요' 버튼 300개만으로도 배우자보다 정확하게 사용자의 성격을 분석할 수 있다고 해요. 그러면 사내 메신저에서 '자기야~'라는 단어를 사용하는 직원들의 사원증 이동경로를 분석하면 사내연애 커플도 쉽게 찾아낼 수 있을 겁니다. 한마디로 '꼼짝 마라' 세상이 오는 것이죠. 스마트폰과 SNS 사용자들이 끊임없이 데이터를 생산하는 한 빅데이터는 갈수록 커질 겁니다.

로봇의 발전도 눈부시지요. 과거의 로봇은 단순한 동작만 반복했는데, 이제는 프로그램이 가능한 로봇이 등장하면서 공장들은 다품종 소량생산을 하고 있습니다. 로봇이 꼭 사람처럼 팔다리를 가질 필요도 없어요. 건물의 방범 시스템은 CCTV와 적외선 카메라로 도둑을 발견하고, 셔터를 내려서 도둑을 건물 안에 가두어 버릴 겁니다. 건물 자체가 로봇이 되는 거지요.

인공지능, 빅데이터, 로봇의 결합이 우리에게 의미하는 것은 무엇일까요? 네, 바로 '고용 없는 성장'입니다. 예를 들어 아디다스는 독일에 스피드 팩토리를 지었는데, 160명의 관리자만으로 신발을 만들지요. 그 바람에 중국과 베트남에서 일하는 사람들 100만 명이 가까이 일자리를 잃을 거라고 합니다.

그렇다면 4차 산업혁명 시대에 누가 승자가 되고 누가 패자가 될까요? 첫 번째 승자 그룹은 테크노 엘리트들입니다. 인간의 노동을 배제한 생산 알고리즘을 만드는 엔지니어는 부자가 될 겁니다. 예컨대 2018년 4사분기 광고 매출로만 19조 원을 벌어들인 페이스북의 창업자 마크 저커버그는 30대 중반입니다. 같은 나이의 한국 청년이 좁은 고시원에서 9급 공무원 시험 준비를 할 때 그는 이미 개인 재산 50조 원을 기부하기로 약속했습니다. 테크노 엘리트란 이런 겁니다.

두 번째 승자 그룹은 자본 소유자들입니다. 생산 현장의 노동자가 로봇으로 대체될수록 자본 소유자의 이윤은 커집니다. 반면 가진 것이 몸밖에 없는 사람들은 갈수록 줄어드는 일자리를 얻으려고 저임금을 감수해야 하지요. 예를 들어 자율주행차를 이용한 택배회사는 부자가 되겠지만 택배기사는 월세를 걱정하게 될 테지요.

세 아들이 승자 그룹에 속할 것 같지는 않습니다. 반면 세 아들이 패자 그룹에 속하는 것은 제가 바라지 않습니다. 그런데 공교육은 우리 아이들이 변화하는 미래에 대응하도록 준비시키고 있을까요? 저는 아니라고 봅니다. 그걸 어떻게 아느냐고요? 제가 만난 기업인들이 하나같이 같은 말씀을 하시거든요.

"요즘 청년들 스펙은 좋은데, 문제 해결 능력이 부족해. 학교에서 도대체 뭘 가르치는지 모르겠어."

왜 이런 문제가 생기는 걸까요? 한국의 교육을 살펴보아야 하겠습니다.

03

미래 준비에 실패한 공교육

19세기 학교, 20세기 교사, 21세기 학생

누군가는 한국의 교육 환경을 이렇게 정리합니다.

"19세기 학교에서 20세기 교사가 21세기 학생들을 재우고 있다."

한국을 수차례 방문했던 미래학자 앨빈 토플러(Alvin Toffler)는 한국 교육을 통렬하게 비판했지요.

"한국의 학생들은 하루 15시간 동안 학교와 학원에서 미래에 필요하지도 않은 지식과 존재하지도 않을 직업을 위해 시간을 낭비하고 있다."

필요하지도 않은 지식, 존재하지도 않을 직업이라. 입맛이 쓰네요. 어쩌다 한국의 교육은 이 외국인 학자에게까지 악명을 떨치게된 걸까요? 유독 한국 교육만 문제인 건 아닙니다. 그분이 한국에온 김에 한국의 교육을 언급한 거지요. 이미 몇 해 전부터 세계곳곳에서 고등교육의 위기를 지적하는 지식인들이 늘고 있습니다.

이런 상황이 지속되면 머지않아 대학은 중세 가톨릭교회의 운명을 따를 듯합니다. 약 500년 전 사제들은 가톨릭교회에만 구원이 가능하다고 가르쳤지요. 사제들은 자신들이 전하는 구원의 메시지만 유효하다고 주장하면서 이를 뒷받침하기 위해 값비싼 종교 시스템을 구축했어요. 예를 들어 그들은 일반인들이 사용하지 않는 라틴어로만 『성경』을 기록했습니다. 사제들은 어려운 용어로 『성경』을 해석했고 급기야 면벌부라는 증명서까지 발급했어요. '증명서가 있으면 구원, 없으면 지옥'이라고 가르치면서요. 결국 종교개혁이 터지면서 중세 가톨릭교회는 뼈를 깎는 혁신의 길로 내몰렸지요.

현대사회의 대학도 비슷한 이야기를 합니다. '졸업장이 있으면 취직, 없으면 백수'라고요. 하지만 우리는 그 말을 믿을 만큼 순진하지 않습니다. 2018년 『중앙일보』 조사에 따르면 국민 절반 이상이 대학 진학이 예전보다 덜 필요하다고 본답니다. 흥미롭게도 응답자의 학력이 높을수록 대학 교육의 필요성이 낮아졌다는 응답 비율이 높더군요. 대학을 경험한 사람들의 실망이 큰 때문이지요. 더 흥미로운 사실도 있습니다. 고교 교사 550명 중 39.1퍼센트가 '대학 진학 필요성이 10년 전보다 더 낮아졌다'고 답했답니다. '저성장 시대에는 대학에 진학해도 취업이 불투명하기 때문(68.5퍼센트)'이 주원인이었죠.

대학 졸업자도 교사도 대학 졸업장이 예전처럼 중요하지 않다고 말하는데 왜 우리는 여전히 자녀들을 입시 경쟁에 몰아넣는 걸까요? 아마도 경험과 관성 때문이겠죠. 고용 측면에서 중소기업의 비중은 크지만, 임금 측면에서는 대기업이 월등히 앞서갑니다. 그 바람에 청년들은 대기업, 공공기관, 공무원을 선호하고 이 조직들은 대학 졸업장을 요구하지요. 그래서 공부 목적보다 졸업장 목적으로 대학에 진학하는 학생들이 늘어나고 있는 거고요.

저의 세 아들은 모두 초등학교를 중퇴하고 집에서 공부합니다. 아들에게 공부를 계속 권하겠지만, 의미 없는 대학 진학은 다그치지 않을 겁니다. 그럴 여윳돈이 있다면 창업을 위한 목돈을 만들어 주겠습니다. 19세기 학교는 더 이상 필요 없습니다. 우리 아이들은 21세기를 살아가야 하니까요.

우리는 12년간 교도소에 있었다

입담 좋은 건축가 유현준 씨는 우리가 '12년간 교도소에 있었다'고 말합니다. 학교를 두고 한 말이죠. 건축의 관점에서 보면 학교와 교도소의 설계 원칙이 같답니다. 수감자(학생)를 고립시키고, 교도관(교사)이 손쉽게 수감자를 감시하도록 건물을 설계한답니다. 생각해 보니, 제가 다녔던 학교들이 모두 그랬지요. 요즘 학생들이 급식을 두고 콩밥이라고 한다고 하니, 학생들도 같은 느낌을 갖나 봅니다.

대부분의 수감자들은 만기에 출소하지만, 일부는 특사로 일찍 나가기도 합니다. 동료 수감자들의 부러움을 사면서요. 그래서인지 세 아들이 또래들에게 홈스쿨링을 하고 있다고 말하면, 아이들이 그렇게 부러워한다더군요. 이걸 어쩌지요. 홈스쿨링이 어디가서 자랑할 건 아닌데….

감옥을 소재로 한 영화 중에 〈쇼생크 탈출〉이 있지요. 저의 인생영화입니다. 영화 속 재소자들은 모두 출소를 희망하지만, 정작 출소한 사람들은 사회에 적응하지 못해 당황합니다. 심지어 영화 속 장기복역 출소자는 자유를 감당하지 못하고 자살로 인생을 끝내지요.

궁금합니다. 2002년에 태어난 현민이가 한창 일할 시기가 대략 2030년부터 2060년인데 과연 지금의 교육은 2030년에 맞추어져 있을까요? 혹시 학교생활이 너무 길어져 되레 학생들의 사회 적응이 어려워지는 건 아닐까요? 어쩌면 더 늦기 전에 우리 아이들에게 '쇼생크 탈출'을 하라고 귀띔해야 할지도 모르겠습니다.

국가가 왜 공교육 챙기는지 아세요?

어쩌다 학교는 교도소처럼 학생들을 통제하는 기관이 된 걸까요? 이를 이해하기 위해 잠시 『호모 데우스』의 작가 유발 하라리(Yuval Noah Harari)의 주장을 생각해 보겠습니다. 그는 우리가 역사를 공부하는 이유를 이렇게 설명합니다. 역사 지식은, 우리의 현실이 필연의 결과가 아니라는 것을 밝히고 현실을 바꿀 수 있는 힘을 준다고. 우리는 종종 '현실이 원래 그런 거지. 어쩌겠어'라면서 비판 없이 현실에 순응하지요. 그러나 역사를 공부하면, 과거의 우연과 사건들이 누적되어 현실을 만든다는 걸 알게 됩니다. 그리고 그런 깨달음은 현재를 규정하는 제도와 관습 또한 언제라도 바뀔 수 있는 허약한 존재라는 것을 알려 주지요.

예를 들어, 여성인권 운동가들은 가부장제도가 농경시대에 시작되었다는 사실을 밝히는 데 힘씁니다. 그러니 산업화 시대를 지나 정보화 시대에 이른 현대에는 가부장제도가 부적합하다고 주장하지요. 비슷한 이유로 미국의 흑인인권 운동가들은 노예무역의 역사를 연구하지요. 그래서 미국 사회 흑인들의 낮은 학력, 높은 범죄율 등이 수백 년 누적된 사회적 불평등의 결과라는 사실을 밝

혀냅니다. 그들은 이 지식을 가지고 사회의 변화와 계몽을 촉구하지요.

세 아들과 홈스쿨링을 하면서 저도 공부했습니다. 공교육의 역사를 말이지요. 공교육의 역사는 고작 200년이 조금 넘습니다. 1794년 프로이센이 세계 최초로 학교를 국가의 감독 아래 두는 공교육법을 제정했지요. 18세기 유럽 각국은 경쟁적으로 산업혁명을 시도하고 있었어요. 프로이센은 공업선진국 영국을 따라잡기 위해 과감한 조치를 취했습니다. 공교육을 통해 국민 수준을 끌어올려 산업현장에서 필요한 노동자를 양산하기로 계획한 겁니다. 간단히 말해서 프로이센 공교육의 목표는 순종적인 공장노동자를 양산하는 것이었습니다. 이후 산업화 후발국가 일본, 한국 등이 프로이센의 뒤를 따랐지요. 학교가 양산한 순종적인 공장노동자들은 아시아 경제의 고속성장에 확실하게 일조했습니다. 이 과정에서 암기 위주 교육, 선다형 시험의 입시 전통이 자리를 잡았고요.

냉정하게 사실을 봅시다. 공교육의 목적은 뭘까요? 사회 유지와 발전에 필요한 시민을 양성하는 겁니다. 더 노골적으로 말하자면, 충성스러운 군인과 성실한 납세자를 만들어 내는 것이죠. 개개인의 재능을 개발하여 자기실현의 기회를 제공한다? 그건 희망사항이지요. 적어도 한국의 공교육은 예술가나 철학자를 육성하도록 설계되어 있지 않습니다.

영어 공부를 예로 들어 설명할 테니 들어 보세요. 여러분은 중·고·대학교에서 10년간 영어를 공부했습니다. 다음 단어 중 몇 개나 뜻과 철자를 기억하나요?

1. Influence

2. Tradition

3. Endanger

4. Barely

5. Grab

6. Marine

7. Alternative

8. Delicate

9. Privilege

10. Nun

다음으로 아래 단어에 해당하는 영단어를 말해 보세요.

A. 자동 기어 (자동차 수동 기어의 반대말)

B. 투표하다

C. 국내의 (GDP의 중간 글자)

D. 알코올

E. 점진적

F. 대통령

G. 감옥

H. 증명서

I. 물러나다, 철회하다

J. 거품

이런, 이런… 쉽지 않지요. 10년 공부해도 헛일이라니까요. 정답은 이 글 끝에서 확인해 보기로 하고, 제 이야기를 이어 가지요. 여러분 주변에 영어를 무난하게 쓰는 사람이 몇이나 되나요? 1퍼센트나 될까요? 한 해에 40만 명이 태어나고 그중 1퍼센트가 영어를 무난히 사용한다면 그 수는 4,000명입니다. 25~55세의 노동인구마다 4,000명의 영어천재가 있다면 그 숫자는 무려 12만 명에 이릅니다. 와우! 이 정도면 수출주도형 경제에 필요한 인재를 만들어 내는 데 성공한 것 아닌가요! 바로 이런 계산에 따라 공교육은 영어 교육을 강제합니다. 99퍼센트의 학생들이 청춘을 낭비하더라도 말이지요. 저는 이걸 '1퍼센트의 원리'라고 부릅니다. 공교육은 사회에 필요한 인력 1퍼센트를 건지기 위해 나머지 학생들의 희생도 불사한다는 말입니다. 여러분은 어느 쪽에 속하시나요? 1퍼센트인가요, 99퍼센트인가요?

우리는 이제 인정해야 합니다. 한국의 공교육은 결코 학생들의 개성을 발굴하고 육성하기 위해 설계되지 않았다는 사실을. 우리 자녀가 다니는 학교는 철저하게 대학 입시라는 단기 목표에 매달리고 있습니다. 고등학생들은 일주일에 몇 시간이나 체육수업을 할까요? 고등학교 체육수업 권장시간은 주당 150분입니다. 일주일에 고작 2시간 반이 전부입니다. 혈기 넘치는 청소년들에게는 터무니없이 부족하지요. 하지만 정작 권장시간을 채우는 학교는 4곳 중 1곳에 불과합니다. 많은 학생들은 체육시간에 운동 대신 자습을 하거나 잡담을 합니다. 이유는 간단하지요. 입시에서 체력장이 없으니까요. 우리 아이들에게는 체육도 사치입니다. 필수교육이라 할 수 있는 체육의 위상이 이 정도인데, 과연 공교육 환경에서 학생들이 시를 감상하고 철학을 논할 수 있을까요? 그런 일은 결코 없습니다. 그러니 공교육이 자녀의 개성을 일깨울 거라고 기대하지 마세요. 공교육은 애당초 그러려고 만들어진 게 아닙니다. 기억하세요. 공고육은 '1퍼센트의 원리'로 운영된다는 사실을.

정답

1. Influence 영향

2. Tradition   전통

3. Endanger 위험에 빠뜨리다

4. Barely 간신히

5. Grab 쥐다, 붙잡다

6. Marine 바다의

7. Alternative 대안

8. Delicate 섬세한

9. Privilege 특권

10. Nun 수녀

A. 자동 기어 (자동차 수동 기어의 반대말) Automatic gear

B. 투표하다 Vote

C. 국내의 (GDP의 중간 글자) Domestic

D. 알코올 Alcohol

E. 점진적 Gradual

F. 대통령 President

G. 감옥 Prison

H. 증명서 Certificate

I. 물러나다, 철회하다 Withdraw

J. 거품 Bubble

학교 교육은 약진 중인가 후진 중인가?

"교육이란 결국 사실의 학습이 아니라 생각하는 능력을 키우는 훈련이다."

캬아~ 멋진 말입니다. 누가 했을까요? 아인슈타인입니다.

반면 우리 공교육은 다른 방향을 추구합니다. 비판적 사고능력을 키우는 대신 하나의 답을 암기하라고 가르칩니다. 가끔은 권력자가 교과서를 가공해 자신이 주입하고픈 메시지를 전달하는 도구로 만들기도 하지요. 박근혜 정권 시절에 '균형 잡힌 역사교과서'가 대표적 사례입니다. 다행히 성숙한 시민들은 촛불혁명을 통해 이런 흐름을 막아냈습니다. 하지만 이 사건을 계기로 우리는 공교육의 한계를 적나라하게 볼 수 있었지요.

2017년 8월에는 교대생들이 피켓을 들고 시위에 나섰습니다. 당시 교대생 시위에 등장한 '엄마 미안, 나 백수야'라는 피켓 문구는 큰 반발을 불렀습니다. 일반대 학생들은 '엄마 미안, 나 백수야' 상황이 된 지 오랩니다. 그런데 교대생들은 여전히 국가가 자신들을 구제해야 한다고 주장한 거지요. '지방 교사로는 정말 가기 싫다'는 내용의 글은 비난 여론에 기름을 부었습니다. 실제로 서울을 제외

한 일부 지방에서는 수년째 초등교사 지원자가 부족해서 임용이 미달 사태입니다. 이 사건은 교육 정책이 온전히 학생 위주로 이루어지지 않는다는 사실을 드러냈지요. 쉽게 말해서 지방의 학생들이 교육받을 기회가 부족하더라도 대도시 생활을 선호하는 교대생은 자신의 이익을 위해 시위에 나선다는 것을 보여준 겁니다.

이런 일은 계속되고 있습니다. 이미 선진국 교육에는 교과목 융합이 이루어지고 있습니다. 국어, 영어, 수학 등을 결합해서 가르치고 학생들의 문제해결 능력을 키우는 거지요. 하지만 이렇게 하면 한 교사가 여러 과목을 공부해야 합니다. 교사로서는 힘든 일일 테지요. 어쩌면 그 과정에서 교사의 정원이 줄어들 수도 있습니다. 이런 이유로 교사들은 통합교육 방식의 필요성을 인식하면서도 그다지 환영하지 않지요. 학생들은 4차 산업혁명의 파도를 이겨 낼 능력이 필요하지만 교육부와 학교는 여전히 정치경제적 논리에 의해 움직이는가 봅니다.

그리고 하나 더. 직장생활 하는 아버지들은 잘 아시잖아요. 기업들이 지금의 공교육에 대해 만족하지 않는다는 걸. 10년 전에는 기업들이 공개 채용을 통해 신입직원을 선발한 뒤 연수원에서 두 달씩 재교육했지요. 기업에서 필요한 걸 학교에서 가르치질 않으니 큰돈 들여서 다시 가르친 거예요. 그런데 요즘 어느 기업이 그렇게 대규모로 사람을 뽑고 장기간 연수원을 운영하나요? 아닙니다. 기업은 경력직을 선호합니다. 재교육할 필요 없이 당장 써먹을 사람을 원하는 거지요.

많은 기업들은 상시적인 프로젝트 상황을 감당할 수 있는 문제해결 능력을 최우선으로 여깁니다. 통합이니 통섭이니 하는 말이 유행하는 것이 우연이 아니지요. 그런데 학교는 여전히 국어, 영어, 수학을 구분합니다. 과학탐구나 사회탐구는 어떨까요? 과학탐구가 물리학, 화학, 생명과학, 지구과학을 융합한 교과목이 아니라는 건 잘 아시죠? 그저 네 과목을 과학탐구라는 제목 아래 모아 둔 것뿐이랍니다. 이래서는 학생들에게 문제해결 능력을 기대할 수 없지요.

세계적 명사가 출연하는 강연 프로그램 테드(TED)에서 가장 큰 조회수를 기록한 강연이 있습니다. 영국의 교육자 켄 로빈슨(Ken Robinson)의 강연인데요, 제목이 "학교가 창의성을 죽이는가?(Do schools kill creativity?)"입니다. 통합교육 분야에서 선두에 서 있다는 영국 출신의 교육자가 자기비판을 하는 걸 보면서 저는 자문합니다. 4차 산업혁명의 파도 앞에서 한국의 공교육은 약진 중인가, 후진 중인가? 다시 한 번 아인슈타인의 말을 기억해 봅니다.

"교육이란 결국 사실의 학습이 아니라 생각하는 능력을 키우는 훈련이다."

용 사냥꾼을 키우는 교육

배경은 중세 유럽. 학생들이 조용히 앉아 선생님이 수업을 시작하길 기다립니다. 멋진 수염에 호탕한 웃음소리가 인상적인 바우만 선생님은 학생들에게 용을 사냥하는 방법을 가르치는 교사입니다. 마을의 장로들이 사악한 용의 공격을 당했다는 먼 나라 이야기를 듣고 바우만 선생님을 초빙한 지 두 달이 흘렀습니다. 하루라도 빨리 용을 잡고 싶어 조바심이 난 학생 하나가 질문을 했습니다.

"바우만 선생님, 선생님은 용을 언제 잡아 보셨나요?"

"아니다. 난 용을 직접 본 적도 없다."

스승의 대답에 실망한 학생이 이번에는 도발적인 질문을 던집니다.

"용을 잡았다는 사람이 하나도 없는데, 이 공부는 해서 어디에 써먹나요?"

별것 아니라는 듯 웃으며 선생님이 답했습니다.

"이 방법을 잘 배워서 훗날 용 사냥꾼이 되어 직접 용을 사냥하면 된다. 하지만 용이 없더라도 걱정하지 말거라. 나처럼 용 사냥법을 가르치는 교사가 될 수 있다."

존재하지도 않는 용을 사냥하는 쓸모없는 교육 이야기에 웃을
수 없는 것은 한국의 교육 현실과 크게 다르지 않기 때문입니다.
대치동 학원에서 학생 하나가 유학파 영어 강사에게 물었답니다.

"선생님은 유학까지 다녀왔는데 왜 학원 영어강사가 되셨어
요?"

강사가 간단하게 답했지요.

"내 강점에 집중한 결과입니다. 시험을 위한 공부, 그게 내가 제
일 잘하는 거라서 이 직업을 택했지요. 직장 구하기가 힘든 것도
하나의 이유이긴 하지만…"

생각해 봅니다. 영문학을 전공하면 무슨 일을 하게 될까요? 인
류학을 배우면 무슨 일을 하게 될까요? 신문방송학을 전공해도
시험에 떨어지면 PD도 기자도 할 수가 없지요. 그래서 대학가에
는 인문학 전공자들의 셀프디스 농담이 유행이라네요.

문송합니다(=문과라서 죄송합니다).

인문학 전공하면 잡리스(Jobless), 인문학 복수전공하면 홈리스
(Homeless).

인문대는 천민, 공대는 귀족, 전화기는 왕족(전화기=전기·화학·기계

과 전공자).

학교에 다니는 이유가 단지 취직 때문만은 아니기에 교육이 실용적이지 않다고 매도할 일은 아닙니다만, 있지도 않은 용을 사냥하는 교육은 없어져야 하지 않을까요? 지금처럼 졸업장 따려고 학교에 다니다 보면 우리 자녀들은 어디에 도착하게 될까요? 아마도 그곳은 노량진 학원가일 겁니다.

청년이 공무원을 꿈꾸는 나라

장면 하나. 두 해 전 한국을 방문한 미국인 투자자 짐 로저스 (Jim Rogers)는 한국이 걱정스럽다고 말했습니다. 전 세계 어디를 가더라도 이렇게 많은 청년들이 공무원이 되고 싶다고 말하는 걸 본 적이 없다면서요. 노량진에서 만난 여학생으로부터 수년째 매일 15시간씩 공부한다는 말을 들었다면서 이렇게 말했습니다.

"매일 15시간씩 공부한다면 훌륭한 기자나 사업가가 될 수도 있지 않겠냐? 그런데 왜 굳이 공무원이냐?"

한국 청년들이 겪는 팍팍한 삶을 모르는 외국인이라며 그의 말을 무시할 수도 있겠지요. 하지만 그 말에는 분명 일리가 있습니다. 다수의 청년들이 공무원을 꿈꾸는 사회는 건강하지 않다고 생각합니다. 슬픕니다.

장면 둘. 서울 유명 사립대에서 창업을 주제로 특강이 마련되었습니다. 강사가 학생들에게 물었지요.

"졸업 후 창업을 하고 싶은 사람, 손들어 보세요."

100명 중 손든 학생은 불과 10여 명이었습니다. 창업 특강을 들으러 왔다는 학생들 중에서도 창업 희망자의 비율은 10퍼센트에 그친 거지요. 우리 청년들의 실제 창업 비율은 0.8퍼센트이랍니다. 중국 청년의 창업 비율이 8퍼센트인데, 인구가 20배인 걸 감안하면 격차가 200배에 달합니다. 중국 젊은이들이 팔딱팔딱 뛰는 활어라면 우린 수족관 바닥에 엎드린 가자미 같습니다.

대학 졸업 시즌이 다가오면 기업들이 제게 면접관 교육을 요청합니다. 얼마 전에는 신한은행의 요청으로 면접관 후보 약 200명을 모시고 수업을 진행했어요. 면접 교육에서 저는 종종 공무원 시험을 준비하는 공시족의 통계를 소개합니다. 그러면 수강자들은 깜짝 놀라며 한숨을 쉬지요. 그렇게나 많은 청년들이 공무원 시험 준비를 하는지 몰랐다면서요. 어떤 통계에서는 공시족이 70만 명에 이르러 수능 응시자보다 많다고도 합니다. 일부 통계가 중복된 것으로 보이기는 하지만 공시족이 많은 건 사실이지요.

창업을 시도하는 대신 공무원이 된 인재들은 뭘 할까요? 네, 그렇습니다. 규제를 만들어 냅니다. 그래야 민간 영역을 상대로 힘을 갖게 되니까요. 매년 신설·강화된 규제 건수를 보면 그 규모를 알 수 있습니다. 한 통계에 따르면, 해마다 약 1,000건의 규제가 생기는데, 20대 국회 출범 후 하루에 2.7개꼴로 규제 신설 법안이 나왔다고 합니다.

상상력을 발휘하면서 제 이야기를 들어 보세요. 차량공유 서비스 업체가 자율주행차를 도입한다고 가정해 봅시다. 택시기사들이 격렬하게 반대합니다. 기술의 발전이 자신의 생업을 위협하니까요. 기사들은 항의 집회를 하고 관련 기관에 민원을 넣습니다. 공무원들이 제일 싫어하는 게 민원입니다. 민원을 해결 못하면 평점이 나빠지거든요.

이제 공무원은 생각합니다. 무엇이 자신에게 이익인가…. 기술 발전으로 새로운 시장이 열린다고 해서 자신에게 상을 주는 사람은 없습니다. 하지만 기술 발전으로 생업이 흔들린다고 자신을 상대로 민원을 넣는 사람은 있습니다. 공무원은 어떤 선택을 할까요? 답이 나오네요.

1. 관련 법안이 없다는 이유로 허가를 보류한다.

2. 사고예방을 명분으로 규제를 강화한다.

한국 청년들이 공무원 시험에 몰리는 것은 개인적으로도 손해지만, 국가적으로도 손해라는 말이 이제 이해가 됩니다. 역대 대통령들이 해마다 규제 혁신을 외쳐도 상황이 개선되지 않는 이유를 이제 아시겠지요? 공무원 시험을 통해 걸러진 우수한 인재들이 계속해서 규제를 만들고 있기 때문입니다.

혁신 아이콘, 아마존의 창업자 제프 베조스(Jeff Bezos)는 "실패와 혁신은 쌍둥이"라고 말한 바 있어요. 아마존은 22년간 약 70

개 사업을 시작했고, 그중 18개 사업에 실패했습니다. 그리고 매번 일어섰지요. 실패가 많다는 건 그만큼 도전이 많았다는 의미라 할 수 있지요.

실리콘밸리 CEO들은 평균 2.8회 실패한다고 하네요. 그리고 창업 실패자의 구직 비용을 지방정부가 보조한답니다. 비용을 보조하기 전에 엄격하게 심사를 하지만, 일단 심사를 통과하면 실질적 안전망을 제공하니 정부의 보조금 제도는 창업 희망자들에게는 든든한 버팀목이지요. 반면 우리 사회는 청년들의 실패에 매정합니다. 실패하면 온갖 보증에 묶여 재도전을 못하지요.

독자 중에 공무원이 계시면 서운하시겠지만 저는 너무 많은 청년들이 공무원을 꿈꾸는 건 문제라고 생각합니다. 특히나 공복으로 시민을 섬기는 것을 사명으로 여기는 대신 단지 장기근속과 공무원 연금만을 목적으로 공직을 희망하는 건 정말 문제라고 봐요.

고개를 돌려 싱가포르를 보면 만감이 교차합니다. 싱가포르의 경우, 우수한 인재들이 공무원이 되어 국가를 이끌고 있는 모습은 칭찬할 만합니다. 참고로 싱가포르 고위 공무원들의 급여를 보면 보너스가 국가 GDP에 연결되어 있는 걸 알 수 있어요. 그만큼 싱가포르 공무원들은 경제발전에 이바지한다는 평을 받습니다. 우리나라 공무원은요?

협상 가르치는 독일, 경쟁 부추기는 한국

현대자동차그룹 R&D본부의 고위 간부를 대상으로 인문학 강의를 한 적이 있습니다. 하필 그날 아침 현대차그룹의 3사분기 실적이 공개되었는데 결과가 좋지 않았습니다. 전년 대비 이익이 급감한지라 조직 분위기가 좋지 않았겠지만, 강의실 자체의 분위기는 양호했습니다. 그나마 다행이었지요.

생각해 봅니다. 독일 자동차 산업은 왜 그렇게 잘나갈까요? 여러 가지 해석이 가능하겠지만, 전문가들이 다음 한 가지 사실에는 쉽게 동의합니다. 독일에서는 파업이 많지 않다는 점이죠. 독일 노조가 기업 친화적이라서 그럴까요? 독일 기업이 근로자 친화적이라서 그럴까요?

한 가지 원인은 독일 교육에서 찾을 수 있습니다. 독일에서는 초등학교부터 노동 교육의 일환으로 단체교섭, 임금협상 모의 연습 등을 가르칩니다. 놀랍지 않나요? 학교에서 협상 교육이라니요. 그런데 이러한 교육은 독일이 역사를 통해 배운 교훈의 결과입니다.

나치 독일의 공교육은 노골적으로 게르만족의 우수성을 주입시켰습니다. 이민족은 물론, 게르만족이라도 장애인을 철저하게 경멸하도록 가르쳤지요. 당시 교육을 직접 경험해 보면 어떨까요? 제가 알기 쉽게 내용을 수정했으니, 나치 시대의 수학문제를 한번 보시지요.

국가는 매일 지체장애인 1명을 위해 6마르크를 지출하고, 정신 병자 1명을 위해 4 1/4 마르크를 지출하고, 알코올중독자 1명을 위해 3 1/2 마르크를 지출하고, 보호대상 학생 1명을 위해 4 4/5 마르크를 지출하고, 일반학생 1명을 위해서 9/20 마르크를 지출한다. 지체장애인 1명과 정신병자 1명이 각각 40년 생존한 다고 가정할 때 이들을 위한 국가의 총지출은 얼마인가? 그 비용이면 일반학생 몇 명을 10년간 지원할 수 있나?

군이 문제를 풀 필요는 없겠네요. 답은 무엇이든 중요하지 않지요. 독일 학생들이 지체장애인과 정신병자 등 사회적 약자를 제거의 대상으로 보도록 교육받았다는 게 무서운 사실입니다. 이런 교육의 결과는 결국 두 번의 전쟁과 전범국가라는 오명이었지요. 패전 이후 독일의 교육은 환골탈태했습니다. 학교에서 경쟁을 부추기는 시험을 없애고 사회화 교육을 강화했어요. 현재 독일 교육이 어린 학생들에게 요구하는 시험은 단 하나, 자전거 면허랍니다. 교통질서를 지켜서 자신과 보행자를 지키는 교육이 제일 중요하다는 거예요. 어릴 적부터 이런 교육을 받아 온 독일의 청소년들은 어른이 되어 합리적 근거로 상대방을 설득하는 훈련이 몸에 배어 있다고 하네요. 괜히 선진국이 아니지요.

우리 교육은 어떤가요? 초등학교에서 성적 비교가 없어졌고 중학교가 자율학기제를 시작했습니다. 하지만 여전히 학교 교육의 핵심은 경쟁이지요. 특히 내신이 강화되고 학생부종합전형이 생기면서 학생들은 성적의 부익부빈익빈 현상을 더욱 심하게 느낍니다. 무한경쟁의 끝에는 무엇이 있을까요? 숙명여고 쌍둥이 아버지의 답안지 유출 사건은 경쟁을 부추기는 한국 교육이 어디를 향하는지 여실히 보여줍니다.

어른들은 종종 학교에서 일어나는 집단 따돌림과 잔인한 폭력의 원인이 무언지 묻습니다. 그 원인이야 뻔하지 않을까요? 과도한 경쟁의 결과로 나타나는 우등생의 우월감, 열등생의 박탈감이 화학반응을 일으키면서 끊임없이 폭풍의 눈을 만들어 내고 있어요. 학교가 이대로 계속되면 우리 아이들의 마음이 갈기갈기 찢기고 쪼개져서 파편이 되고 맙니다. 정말로 정말로 학교가 바뀌어야 합니다.

학교에 오래 다녀서 사회성이 떨어졌어요

"안녕하세요. 저는 OOO 엄마입니다. 저희 애가 많이 아프네요. 어제 저녁 들어올 때부터 열이 있었는데 아침에도 영 상태가 나아지질 않아요. 며칠 야근을 해서 그런가 봐요. 우리 애가 오늘 결근한다고 OOO 팀장님께 대신 말씀 좀 전해 주세요. 부탁 드려요."

일전에 만난 기업 인사담당자는 제게 흥미로운 경험을 하나 나누어 주었습니다. 어느 날 중년의 여성이 인사팀으로 전화를 하시더래요. 전화를 받아 보니, 입사한 지 얼마 되지 않은 직원의 어머니시더랍니다. 그 직원이 입사할 때 인사팀에서 인사 축하 전화를 드렸는데 어머님이 그 번호를 저장하셨던가 봐요.

전화를 끊고 나서 하도 어이없어 하는데 옆자리 선배가 그러더랍니다. 몇 해 전부터 신입사원 부모님이 회사로 전화를 걸어오는 경우가 가끔 생긴다고. 그러면서 선배는 그 직원 이름을 묻더랍니다. 전화를 받은 자신이 해당 팀장에게 연락을 하겠다고 하니 선배가 이야기했습니다.

"그래, 그건 직접 해. 난 이런 직원들을 기록했다가 재교육하려는 거야. 만약 그래도 상황이 개선되지 않으면 무슨 조치를 취해야지. 이런 친구들 우리 회사에 계속 둘 수는 없잖아."

인사팀에서는 그런 직원들의 명단을 관리한답니다. '아파서 결근한다'는 말도 못할 정도의 사회성을 가진 직원은 기업에 짐이 되기 때문이라면서요. 이 이야기는 과장이 아니에요. 놀라셨나요? 또 다른 이야기를 해드릴게요.

'우아한 형제들'에서 일하는 분한테 이야기를 들을 기회가 있었습니다. '우아한 형제들'은 음식주문 앱 '배달의 민족'을 만든 바로 그 회사지요. 그분은 앱을 만들 때 전화를 하지 않고도 주문이 가능하도록 설계했다고 합니다. 요즘 20대 청년들이 전화로 대화하는 걸 싫어하기 때문이랍니다. 어떤 청년들은 전화통화를 약간 두려워하기도 한다네요. 직장생활을 하는 청년들은 그나마 나은 편이지요. 공시족이 되어 외톨이 생활을 하는 청년들은 사회성이 무척 취약합니다. 사회성이라는 건 원래 가족 바깥의 사람들과 어울릴 때 자라는 성품인데 그럴 기회가 부족한 거지요.

학교에 다니는 청소년의 사회성이 부족하다니 이상한가요? 그렇다면 제 말을 들어 보세요. 학교에서 아이들은 같은 반 학생들과 어울립니다. 당연하지요. 다른 반 친구를 사귀거나 다른 학년과 어울리는 경우는 거의 없습니다. 동아리 활동을 하지 않느냐?

입시 경쟁에 내몰리는 아이들에게 취미 동아리는 사치입니다. 경시대회 준비를 하는 경우도 있지만, 이건 대부분 성적 우수 학생들에게만 해당되는 이야기지요.

학교생활을 하면 사회성이 자란다고요? 그건 순진한 생각입니다. 청년들의 사회성이 이렇게 바닥을 치는 이유는 분명합니다. 경쟁 위주의 학교생활에 너무 익숙해진 까닭입니다. 우리 아버지들이 학교 다니던 시절과 비교해 볼까요? 우리는 어릴 적에 동네 골목에 사는 이웃집 형, 누나와 어울려 놀면서 자랐지요. 저는 대학 시절 합창단에 가입해서 인문대, 사회대, 공대, 음대 학생들과 두루 어울렸습니다. 여름이면 100여 명이 함께 가는 음악캠프에 참가해 선후배들과 부대끼며 단체생활을 경험했지요. 그런데 요즘 아이들은 형제도 없고, 동네 놀이터에 가도 어울려 놀 친구를 만나기도 어렵습니다. 할아버지, 할머니와 함께 살지 않으니 어른들 앞에서 행동하는 법도 모릅니다. 학교에서 경쟁에 내몰린 청소년들은 동년배와만 어울리고 대학에 가서도 취직 준비에 내몰립니다. 이렇게 성장한 청년들이 직장에 들어오니, 엄마가 대신 인사팀에 전화를 하는 거지요.

"학교에 다니는 아이들도 사회성이 부족한데, 그 집 아이들은 어떤가요? 어린 나이에는 부모가 옆에 끼고 홈스쿨링을 한다지만 결국 그 아이들도 사회에 나갈 텐데, 어떻게 사회생활을 하지요?"

우리 집 세 아들이 학교에 가지 않는다고 말하면 아이들의 사회성은 어떻게 키우냐고 묻는 분들이 많아요. 저도 처음에는 걱정을 했습니다. 집에서 혼자 공부하는 홈스쿨러는 사회성을 키우지 못하니까요. 그래서 우리 가정은 홈스쿨링을 시작할 때부터 홈스쿨러 공동체에 가입했어요. 분당에 있는 한 교회가 자리를 마련해 주셔서 약 70가정이 매주 만납니다. 학생 수로 보면 거의 150명이 넘지요. 1년에 30주, 일주일에 이틀씩 만나니까 사실상 미니 대안학교라 할 수 있어요. 학생들은 5세 어린이부터 17세 청소년까지 다양합니다.

홈스쿨러들은 공동체에 가입하더라도 동갑내기를 찾기가 어렵습니다. 그래서 나이 차이가 있는 형·동생들과 어울려서 놀지요. 예컨대 현민이의 단짝 친구는 한 살 많은 유빈이랑 강은입니다. 둘째 해민이나 셋째 지민이도 형 또는 동생들과 어울려 놀지요. 대략 자기 나이에서 다섯 살까지 차이 나는 아이들과 친구로 지냅니다. 그리고 자연스럽게 공동체 모임에 참석하는 어른들과 이야기합니다. 그래서 홈스쿨러들은 어른과 어울리는 것을 불편하게 느끼지 않습니다.

큰아들 현민이는 가족 모임이 있는 명절이면, 종종 어른들 사이에 앉아 이야기를 나눕니다. 그 모습을 보고 저는 처음에 이렇게 생각했지요. '기특하다. 어른들이 오시니까 접대하느라 수고하는구나.' 그런데 나중에 이야기를 들어 보니 현민이는 어른들과 이야기하는 걸 정말로 즐기더라고요. 7년째 홈스쿨링을 하면서 사회성이 자란 거지요.

직장생활 해본 아버지들은 아실 겁니다. 사회성이 얼마나 중요한지. 생각해 보세요. 신입사원들의 실력이 뛰어나면 얼마나 뛰어나겠습니까, 다 거기서 거기지. 그보다 중요한 건 조직생활에 잘 적응하고 선배들 앞에서 지혜롭게 처신할 줄 아느냐 모르느냐 하는 거지요. 태도가 좋은 직원들은 일도 빨리 배웁니다. 그러면 실력도 성장하고요. 그래서 '신입사원에겐 태도가 실력'이라는 말이 나오는 거지요.

우리 아이들의 어떤가요? 명절 가족모임에서 어른들께 인사를 잘하나요? 엘리베이터에서 만난 이웃들께 인사를 건네나요? 집에 돌아와 학교 선생님을 비하하는 별명을 쉽게 입에 담지는 않나요? 학교에 다닌다고 저절로 사회성이 자라는 게 아닙니다. 불편한 진실을 인정할 필요가 있습니다. 다양한 경험 없이 학교에 오래 다니면 사회성이 되레 떨어집니다.

학교에서 탈선이 빨리 퍼지는 이유

학교에서 외려 탈선이 더 빨리 퍼진다는 말에 흔쾌히 고개를 주억거릴 사람은 없을 테지요. 그런데 이게 사실이라는 게 더 문제입니다. 왜 그런지 설명할 테니, 들어 보고 맞는 말인지 스스로 판단해 보시면 좋겠어요.

인간을 포함해서 지능이 높은 동물들은 대개 모방을 통해서 학습합니다. 침팬지, 고릴라 등의 유인원은 물론이고 사자나 개도 부모의 행동을 흉내 내면서 생존기술을 배우지요. 우리 아이들도 주변의 어른, TV 속 어른들을 관찰하고 모방합니다. 사랑과 자선, 배려처럼 바람직한 행동도 모방하지만 욕설과 비난, 공격처럼 반사회적 행동도 학습하지요. 그런데 만약 주변에 모방할 어른이 없다면 어떤 일이 일어날까요? 지금의 학교를 보면 그 답이 나옵니다.

저는 아들만 셋을 키우고 있으니 아들 중심으로 이야기하겠습니다. 학교에 남자아이들이 모방할 만한 남자 어른들은 얼마나 있을까요? 초등학교에는 여자 교사가 월등히 많아서 그 비중이 80퍼센트를 웃돕니다. 중학교도 역시 여인천하입니다. 고등학교에 가서야 비로소 남녀 교사 비율이 비슷해지지요. 여자 교사들은 남학생들을 어떻게 생각할까요? 아무래도 여학생보다 남학생 다루는 걸 더 힘들어하실 겁니다. 자기 아들도 키우기 힘들다고들 하는데 남의 아들이야 오죽하겠어요. 그래서 많은 학교, 특히 남녀공학에서 남학생들은 2등 시민처럼 대우받고 또 그렇게 행동합니다. 아들 키우는 부모들이 자녀를 남녀공학 고등학교에 보내기 싫어하는 데에는 다 이유가 있는 거지요. 남자아이들은 주변에서 관찰하고 모방할 대상을 찾지만 학교에는 답이 없습니다.

어른이 없는 세상에서는 어른스러운 또래가 모방의 대상이 됩니다. 청소년들 사이에서 어른스럽다는 건 뭘 의미하는 걸까요? 관용을 베풀고 배려하는 모습일까요? 아니면 아이들에게는 금지된 어른들의 행동을 하는 걸 의미할까요? 네, 그렇지요. 두 번째입니다. 그래서 또래보다 몸집이 크고 거뭇거뭇 수염이 나고 게임 잘하는 아이들이 또래의 우상이 됩니다. 그리고 그중 일부는 어른처럼 욕을 하고 술을 마시고 담배를 피우지요. 그러면 아이들은 이 가짜 어른을 보고 어설픈 어른 흉내를 냅니다. 말씀 드렸지요? 아이들은 모방을 통해서 학습한다고요.

아들이 야한 웹툰을 보고 담배를 피우고 술을 마신다고 화들짝 놀라는 부모를 때때로 만납니다. 대개는 엄마들이 무척 당황하지요. 하지만 아빠들은 별로 놀라지 않아요. 이미 알고 있거든요. 아들은 원래 그러면서 자란다는 걸. 자기도 그렇게 자랐으니까요. 그런데 가끔은 정말 심각한 상태의 가정도 만나게 됩니다. 대체로 원인은 비슷합니다. 있어도 있는 것 같지 않은 아빠의 부재가 아들의 탈선을 부추긴 거지요. 아빠가 존재해도 아들이 보고 배울 수 없으니 어른스러워 보이는 또래의 탈선 행동을 모방한 거예요.

문제의 원인이 분명한 만큼 해법도 분명합니다. 진짜 어른이 지속적으로 아이들 옆에 함께 있는 겁니다. 누가 그 역할을 하느냐고요? 당연히 아버지가 해야지요. 학교 교사에게 그걸 기대하는 건 부모의 직무유기입니다. 원래 교육은 학교의 책임이 아니냐고요? 그런 얼토당토않은 말은 하지 마세요. 부모도 손 놓은 자식을 누가 대신 지도합니까? 교사들은 학과목을 가르치고 행정업무 처리하기도 힘들어 하십니다. 아버지들은 직장생활 하고 있으니 아시잖아요. 관리자들은 직원의 성과를 챙기기도 바쁩니다. 후배들의 롤모델이 되어 그들을 리드하는 일은 이상적이긴 하지만 실제로는 드문 일이잖아요. 학교도 마찬가지 아닐까요?

아버지 여러분, 우리가 만든 아이에 대해서 책임을 집시다. 학교에 남자 교사가 있어도 숫자가 부족하고 그나마도 학과목 강사 역할로 이미 바쁩니다. 그러니 아이들이 탈선할까 걱정하는 대신 아

이들과 더 많은 시간을 보내기로 하시지요. 그래서 우리 아이들이
탈선의 유혹을 털어내고 성숙한 어른으로 자라도록 도와줍시다.

수험생들은 입시 장사꾼을 왜 피하지 못하나?

폭발적인 인기를 끈 드라마 〈스카이캐슬〉 이야기를 안 할 수가 없네요. 저도 욕하면서 전편을 다 보았습니다. 그리고 슬펐어요. 드라마 내용이 한국의 교육 현실을 너무도 잘 담아서. 왜 수험생과 학부모들은 입시 장사꾼에게 당하고만 사는 걸까요? 다 이유가 있답니다.

관점을 바꾸어 질문하겠습니다. 물고기는 왜 낚시를 못 피할까요? 흥미로운 질문이지요. 답이 뭘까요? 최근 과학저널 『생태학과 진화 최전선(Frontiers in Ecology and Evolution)』에 실린 논문이 흥미로운 답을 내놓았습니다. 이 논문에 따르면, 인간의 사냥법이 워낙 효과적이어서 물고기가 진화를 통해 터득한 포식자 회피법을 모조리 쓸모없게 만든다고 합니다.

물고기의 포식자 회피법은 크게 다음 세 가지입니다.

첫째, 덩치 큰 놈을 피하라.

포식자 대부분은 먹이를 씹지 않고 통째로 삼킵니다. 그래서 큰 물고기일수록 입이 크지요. 대구를 떠올려 보세요. 그래서 물고기들은 자기보다 큰 상대를 만나면 일단 피합니다. 인간의 낚시는 그런 물고기를 속일 만큼 작은 데다 미끼 모양으로 위장하고 있어서 물고기의 첫 번째 방어를 간단히 돌파합니다.

둘째, 포식자 냄새를 피하라.

포식자의 배설물 냄새를 맡은 물고기는 먹이 찾기나 짝짓기 활동을 멈추고 숨지요. 인간의 그물과 함정은 이 부분을 노립니다. 물속에 드리워진 그물은 물고기 눈에 거의 보이지 않고, 함정은 물고기가 찾는 피난처의 모양을 흉내 내는데, 냄새도 소리도 없지요. 물고기는 속절없이 그물에 걸립니다.

셋째, 어른 물고기를 따라다녀라.

경험을 통해 포식자의 습성을 배운 물고기는 그 내용을 어린 물고기에게 전파합니다. 대개 경험 없고 작은 어린 물고기가 포식자의 밥이 되는 것은 이런 이유 때문이지요. 그런데 인간의 어구(漁具)는 탈출이 거의 불가능해서 한번 잡힌 물고기들이 회피 방법을 찾아내지도 못하고 후대에 전수하지도 못합니다. 한마디로 답이 없습니다.

이제 질문을 바꾸어 봅시다. 수험생 가족은 왜 입시 장사꾼을 못 피할까요?

첫째, 입시 장사꾼은 공포 마케팅 전문가.

입시 장사꾼들은 학부모의 불안을 자극합니다. '대학 졸업장=

미래 보장'이 무너진 현실 속에서 그들은 더욱 강한 공포를 퍼뜨립니다. '대학만으로 충분하지 않다. 유학을 가라. 자격증을 더 따라. 모두 코딩을 배워라.' 이런 식이지요. 공포에 떠는 학부모는 지갑을 열게 됩니다.

둘째, 일반인이 이해하기 어려운 복잡한 입시 환경.

수시, 정시, 수능, 학종, 내신 등 다양한 용어와 개념이 뒤범벅인 상황에서 입시생과 학부모는 뭘 해야 할지 모르는 무기력을 느낍니다. 이 틈새에 자칭 전문가들이 나타나 현란한 말솜씨를 자랑하며 입시설명회를 진행합니다. 내용이 너무 많고 복잡해서 들어도 무슨 이야기인지 알기 어렵지요. 결국 학원을 찾아가 개인 상담을 신청합니다. 당연히 돈이 들지요.

셋째, 수험 경험이 전수되지 않는 핵가족 환경.

다수의 가정에서 수험생은 기껏해야 두 명입니다. 그래서 경험이 누적되거나 전수되지 못하지요. 그리고 수험생 다수는 시험 직후에 자발적으로 기억과 자료를 지웁니다. 수험을 위해 갖고 다녔던 지긋지긋한 학습서와 소지품을 깡그리 버립니다. 그래서 친동생이 도와 달라고 해도 형이나 누나가 돕지 못합니다. '학원 선생님 찾아가' 말고는 달리 할 말이 없습니다. 한마디로 답이 없습니다.

학교에 대한 불신이 커지면서 조기유학을 홍보하는 1인 사업가들이 SNS를 통해 학부모들을 모으고 있습니다. 4차 산업혁명 전문가를 자칭하는 그들은 주로 중국 유학을 권합니다. 상대적으로 정보가 많은 미국 이야기를 하면 약발이 약하니까요. 심지어 그들은 극단적인 말도 서슴지 않아요.

'친자식인데 아직도 학교에 보내세요?'라는 말은 부모의 불안감과 죄책감을 동시에 자극합니다. 정말 나쁜 마케팅 방법이지요. 불안감이 많은 학부모들은 쉽사리 입시 장사꾼의 덫에 걸려듭니다. 아버지 여러분, 우리 함께 정신 차립시다. 영리한 입시 장사꾼에게 당하고만 살지는 말자고요.

변화는 아버지부터

HOME SCHOOL DADDY

LOVE

꽃들에게 희망을

지금까지는 제 아들 위주로 이야기를 했지요. 이제부터 아버지인 제 이야기를 할게요. 잘난 체가 심하다는 생각이 들면 다음 챕터로 바로 넘어가셔도 됩니다. 다만 책을 던지지는 마세요. 책이 무슨 죄가 있겠습니까, 제가 문제인 거지요.

글을 쓰면서 자문했습니다. 아버지로서 나는 무엇을 했나?

첫째, 저는 세상의 기대를 따르지 않고 제가 원하는 삶을 살려고 노력했어요. '홈스쿨대디'라는 필명으로 블로그를 시작한 것도 제가 글쓰기를 좋아하기 때문입니다. 수차례 일터를 옮긴 것도 제가 하고픈 일을 하기 위해서였지요. 세 아들이 커가자 꿈도 바뀌더군요. 좋은 아버지, 그리고 청소년을 돕는 어른이 되고 싶었어요. 그래서 저는 2014년에 퇴사하고 프리랜서의 길을 선택했습니다. 경제적 어려움도 있었지만, 잘 견디고 생활도 안정되면서 저는 세 아들에게 말하기 시작했어요.

"남의 기대에 맞추기 위해 네 꿈을 버리지 마. 네가 원하는 삶을 살아. 그런다고 죽지 않아."

둘째, 저는 창조주가 주신 재능을 사용하여 사람들을 도우려고 노력했어요. 세 아들에게도 재능을 발굴하라고 가르쳤고요. 아버지 여러분, 『꽃들에게 희망을』이라는 책을 아시죠? 혹 모르신다면 꼭 한번 그 책을 읽어 보세요. 깊은 울림이 있을 겁니다. 주인공 줄무늬애벌레는 '오직 꼭대기!'라는 하나의 목표를 향해 기둥 위로 기어 올라갑니다. 그리고 마침내 그 꼭대기에 도달하지요. 하지만 허무해집니다. 아무것도 없으니까요. 단지 그 기둥은 애벌레뿐이었고, 게다가 그런 기둥은 수십 개도 넘게 있었지요. 좌절한 그에게 노랑나비 한 마리가 다가옵니다. 애벌레는 깨닫지요. 일찌감치 경쟁을 떠났던 친구 노랑애벌레가 아름다운 나비로 변했다는 것을. 그래서 줄무늬애벌레도 더 이상 경쟁에 참여하지 않고 누에고치를 거쳐 나비가 되지요.

저는 아들에게 기둥으로 올라가지 말고 나비가 되라고 가르치고 싶습니다. 그러기 위해서 먼저 제가 경쟁을 떠나 누에고치가 되고 다시 나비가 되고자 했지요. 감사하게도 지난 수년간 누에고치 생활을 잘 견뎌 낸 듯합니다. 이제 나비가 될 겁니다. 그러면 세 아들이 말하겠지요.

"와! 아빠를 봐. 멋진 나비다. 나도 저렇게 되고 싶어."

결심이 제일 부질없는 짓

인간을 바꾸는 방법은 단 세 가지뿐이다.

시간을 달리 쓰는 것,

사는 곳을 바꾸는 것,

새로운 사람을 사귀는 것.

이 세 가지 방법이 아니면 인간은 바뀌지 않는다.

그래서 새로운 결심을 하는 것은 가장 부질없는 짓이다.

제가 경영컨설팅의 구루 오마에 겐이치(大前研一)를 처음 만난
건 30년 전 일입니다. 일본 맥킨지컨설팅 대표를 역임했던 그는
복잡하고 어려운 문제를 단박에 꿰뚫는 특유의 통찰로 유명하지
요. 그는 인간을 바꾸는 방법은 세 가지뿐이라고 단언합니다. 시
간, 공간, 그리고 인간.

저도 50년 살면서 여러 차례 변화를 시도한 결과, 같은 결론에
도달했습니다. 직장을 바꾸어 새로운 일을 시작하고, 이사를 해서
새로운 환경 속에서 살고, 새로운 사람들을 만나 관계를 맺으면서
제 인생은 많이 변했습니다. 해마다 결심을 하지만 결심만으로는

변화가 일어나지 않더군요. 물론 결심마저 하지 않는 삶에는 정말 아무것도 일어나지 않지요. 기억합시다. 인생을 바꾸는 건 결심이 아니라 구체적인 행동입니다.

아버지의 느린 자살

제목이 좀 세지요. 저도 압니다. 하지만 이런 제목을 걸어야 아버지들이 읽을 것 같아서 그리했습니다. 지난해 아이들과 함께 영화 〈신비한 동물들과 그린델왈드의 범죄〉를 보았습니다. 〈신비한 동물사전〉을 워낙 재미나게 보았던지라 기대가 컸지요. 하지만 영화가 얼마나 실망스럽던지. 극장을 나오면서 현민이가 한 줄 영화평을 던졌어요. "와~ 이건 2시간짜리 예고편이다."

어차피 킬링타임 영화니 기분 상하지 말자고 말하려다가 이런 생각이 들었어요. Killing time이라니. 내가 왜 시간을 죽이지? 창조주가 내게 허락한 시간을 죽인다는 말은 한 마디로 자살인 거잖아요. 지금 당장 죽는 것은 아니니 느린 자살이라 할 수 있지요. 하지만 내가 왜?

기술 발전으로 생활이 편리해지고 여유 시간이 늘어나면서 우리는 TV, 스마트폰, 영화 등으로 일상을 채웁니다. 딱히 해야 할 일이 있는 것도 아니고, 그렇다고 이루고픈 목표가 있는 것도 아니니 수동적 엔터테인먼트를 찾는 거지요. 생각해 보니 저 자신도 이제껏 다양한 방법으로 느린 자살을 시도했네요.

담배에는 워낙 흥미가 없어서 외면해 왔지만, 젊은 시절 술은 여러 차례 과하게 마셨던 기억이 납니다. 필름이 끊긴 적도 있었고, 심지어 넘어지면서 머리를 다쳐 병원 응급실 신세를 졌던 기억도 있어요. 술이나 담배처럼 직접적으로 자해(?)를 하지는 않았어도 목표 없이 방황하면서 시간을 낭비한 기간도 길었어요.

고교 시절 제 목표는 단 하나, 학교 탈출이었습니다. 배포가 부족해서 차마 자퇴는 하지 못했고, 오로지 졸업만을 목 놓아 기다렸지요. 대학에 들어가겠다는 열망으로 공부하기보다 고등학교를 탈출할 목적으로 공부한 죄 때문일까요? 첫 입시에서 고배를 마셨고 후기 입시로 치과대학에 들어갔습니다. 치과의사가 되겠다는 꿈이 있었던 것이 아니니 저는 당연히 학과 공부를 하지 않았지요. 선배 손에 이끌려 연극 동아리에 들어가 하루걸러 한 번꼴로 술을 마시고 늦게 집에 들어가기를 몇 주. 결국 아버지는 저를 앉혀 놓고 훈계를 하셨습니다. 벼룩도 낯짝이 있는지라 저도 죄송한 마음에 바로 학교에 휴학계를 제출하고 종로학원에서 재수를 시작했지요.

다행히 재수 끝에 서울대학교에 입학했지만 이때도 공부를 게을리했습니다. 전공이 컴퓨터공학인데도 정작 도서관에서는 심리, 역사, 디자인 관련 책만 보았으니까요. 3년간 그러다가 위기를 느긴 저는 더 이상 물러서면 안 된다는 생각에 군입대를 신청했습니다. 40여 명 동기 중에 군생활을 한 친구가 단 2명밖에 없었던 것을 감안하면 제가 정말 다급했나 봅니다. 나머지 동기들이 대부분 병역특례로 기업체에서 연구원 생활을 했던 것과는 대조를 이루지요. 그래서 저는 20대 초기 기억이 거의 없습니다.

이 책을 읽는 아버지들은 어떠신가요? 혹시 지금도 방황하고 계신가요? 20대의 방황에는 낭만이라도 있지요. 30~40대 남자의 방황은 그리 아름답지 않습니다. 중년 아저씨의 무료한 일상은 10년짜리 느린 자살과 크게 다를 바 없지요.

자녀들에게 피하지 말고 꿈에 도전하라면서 아버지들은 왜 꿈꾸는 시도조차 하지 않는 걸까요? 이제 와서 노력한들 인생이 나아질 일이 없으니 희망고문 당하지 않겠다는 걸까요? 저는 생각이 다릅니다. 저의 세 아들이 누구를 보고 꿈꾸는 삶이 멋지다고 말하겠습니까? 저를 보고 그렇게 말해야 하지 않을까요? 그래서 저는 오늘도 변화를 시도합니다.

운전하면서 멀미하는 사람은 없다

아버지 여러분, 운전하면서 멀미한 적 있나요? 아마 없을 겁니다. 그러면 혹시 남이 운전하는 차에 탔다가 멀미를 느낀 적은 있나요? 아마 있을 겁니다. 그 운전자가 유달리 거칠게 운전을 한 것도 아닐 텐데 왜 멀미가 났을까요?

운전을 하는 동안 우리의 몸은 변화에 대응할 준비를 합니다. 좌우 회전을 예상하고 몸을 조금씩 움직이지요. 하지만 다른 사람이 운전하면 그렇게 못합니다. 준비 없이 변화에 노출된 우리 몸은 결국 견디다 못해 탈이 나지요. 여기서 중요한 지혜를 하나 배웁니다. 우리가 주도적으로 인생을 살지 않으면, 누군가가 내 인생을 조종할 것이고 그러면 필경 멀미가 날 거라는 거지요.

많은 아버지들이 자녀교육 책을 읽으면 마음이 불편해집니다. 밖에 나가 열심히 일해서 돈 벌어오는데 또 뭘 하라는 건가… 하는 생각에 억울함마저 느끼지요. 세상에는 신경 쓸 게 정말 많은데, 집에 있는 아이들만 챙기는 건 이기적이고 소시민적이라는 생각도 듭니다. 내키지는 않지만 필요한 아빠의 변화, 무엇부터 시작할까요?

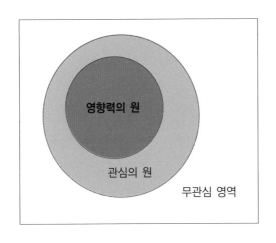

영향력의 원

관심의 원

무관심 영역

아버지들의 고민을 그림으로 표현하면 대체로 이렇습니다. 우리 대부분은 두 개의 원 안에서 살아갑니다. 하나는 영향력이 미치는 '영향력의 원', 나머지 하나는 '관심의 원'이지요. 당연히 영향력의 원이 더 작아요. 두 원 사이의 간격이 클수록 우리는 무기력감을 느낍니다. 관심은 있는데 어찌할 수 없는 대상이 많다는 뜻이니까요.

엄마들의 경우, 두 원의 크기가 비슷합니다. 관심을 온통 가정과 자녀에 집중하기 때문이지요. 남편은 이런 아내를 보면서 시야가 좁다며 핀잔을 줍니다. 국내정치, 경제현황, 국제정세 등에 대해 몰라도 너무 모른다면서요. 반면 아내들은, 아는 건 많은데 실질적인 일에는 도움이 안 되는 남편이 못마땅합니다. 대체로 아빠들의 영향력은 취미, 저녁 메뉴 등에 한정되어 있지요. 반면에 관심 분야는 엄청나게 넓습니다. 다음 대선에서는 누가 당선되어야한다, 글로벌 금융위기에 대처해야 한다… 아니, 이런 말은 누가못합니까? 당장 우리 가정의 문제부터 해결해야지요! 저는 제 고민의 답을 지민이와 대화하다가 찾았습니다.

"아빠는 아들 셋 중 누굴 제일 좋아할까?"

제 질문에 셋째 지민이가 바로 답하더군요.

"아빠는 컴퓨터를 제일 좋아하지."

놀랐습니다. 왜 그리 생각하는지 물었지요.

"아빠는 집에 오면 항상 컴퓨터 켜고 그 앞에 앉으니까."

아이들은 직관적으로 압니다. 누가 자기를 사랑하는지 아닌지, 얼마나 사랑하는지. 보물이 있는 곳에 그 사람의 마음이 있다는 말이 있지요. 그래서 시간과 돈이 어디에 쓰이는지 보면 삶의 우선순위를 알 수 있지요.

그런데 정작 아버지 자신은 자신이 무엇을 소중하게 여기는지 모르기도 합니다. 많은 아버지들은 자녀를 사랑한다고 말하지만 시간과 돈을 투자하지 않습니다. 주말 새벽에 일어나 골프장 가는 길은 신나지만, 아이들 데리고 놀이방에 갈 때에는 그렇게 기쁘지 않지요. 우리 인정할 건 인정합시다. 우리 아버지들은 아이들을 그다지 사랑하지 않습니다. 우리가 가장 사랑하는 대상은 바로 우리 자신이지요. 이걸 인정해야 변화가 시작됩니다.

'시간과 돈의 씀씀이를 볼 때 나는 정말 아이를 사랑한다고 말할 수 있나?'

이쯤에서 생각해 봅니다. 아이가, 가족이 정말 그렇게도 중요한 존재일까요? 사회생활 일부를 포기하고 에너지를 집중해야 할 만큼 중요한 존재일까요? 저는 수년 전에 우연히 그 답을 찾았어요. 수원 KBS연수원에서 강의를 하다가 수강자 한 명으로부터 질문을 받았지요. 제가 좋아하던 방송 〈세계는 지금〉의 진행자 양영은 기자였습니다.

"교수님, 나에게 소중한 사람이란 누구를 말하는 걸까요? 그걸 어떻게 알아낼 수 있을까요?"

뜻밖의 질문이었어요. 내게 소중한 사람을 찾아내는 방법이라….

"우리는 무언가를 잃어버릴 때 비로소 그 소중함을 깨닫지요. 사람도 마찬가지입니다. '그 사람이 죽으면 내가 많이 울까? 내가 죽으면 그 사람이 많이 울까?'라는 질문을 해보세요. 그러면 소중한 사람을 찾을 수 있지 않을까요?"

대답을 해놓고 속으로 감탄했어요. '와, 내가 답한 거 맞아? 멋진데?' 제 답은 가족과 친구더군요. 그때부터 저는 가족과 친구에게 시간과 돈을 쓰기로 결심했지요. 그랬더니 삶이 한결 풍성해졌어요. 아버지 여러분도 다음 질문에 답을 해보세요.

1. 내게 소중한 사람은 누구인가? 그 사람이 죽으면 내가 많이 울까? 내가 죽으면 그 사람이 많이 울까?

2. 나는 내 시간과 돈을 누구에게 가장 많이 투자하는가? 그 사람은 내게 소중한 사람과 동일인가?

1번 질문의 답이 가족이 아니라면 가족관계를 돌아보시길 바랍니다. 어쩌면 지금 심각한 위기 상황일 수 있습니다. 2번 질문의 답이 1번의 답과 다르다면 나중에 후회할 일이 생길 겁니다.

1번과 2번 질문의 답이 일치하면 우리는 영향력의 원에 집중하고 있는 겁니다. 그러면 일상에서 큰 성취감을 느끼며 살게 되지요. 제 변화의 시작은 가족에게 시간과 돈을 투자하는 데에서 시작했습니다.

아버지 여러분께 권합니다. 인생의 운전대를 다시 붙잡으세요. 자녀와의 관계를 회복하세요. 그러면 인생에서 멀미를 느낄 일이 줄어들 겁니다.

사장님, 저 퇴사하겠습니다

가족에게 삶의 에너지를 집중하기로 결정한 후에 저는 큰 변화에 도전했습니다. 먼저 회사로부터 독립하기로 결정했지요. '퇴사 준비자가 장기근속한다'는 말, 들어 보셨나요? 하던 일에서 힌트를 얻어 프리랜서로 창업하려는 사람은 일상에서 어떻게 행동할까요? 어차피 헤어질 관계이니 대충대충 행동할까요? 그렇지 않습니다.

첫째, 그 사람은 주인정신을 가지고 일할 겁니다. 지금 하는 일에서 전문성을 확보해야 창업할 때 성공할 수 있으니까요. 둘째, 인간관계도 개선하려고 노력합니다. 독립했을 때 업무적으로 도와줄 사람들은 바로 지금의 동료들일 테니까요. 그중 일부는 고객이 될 수도 있으니 그들의 마음을 상하게 하면 안 되지요.

이제 조직 관점에서 생각해 봅시다. 회사는 이 퇴사 준비자를 어떻게 대할까요? 주인의식을 가지고 열심히 일하면서 인간관계도 원만하게 유지하는 직원이라면 연봉을 올려서라도 붙잡아 두고 싶을 겁니다. 그래서 퇴사 준비자가 장기근속한다는 말이 나온 거지요. 이와 반대로 조직이 시키는 일은 하지만 자기계발에 무관심한 사람은 회사 또한 그 사람을 무관심하게 봅니다. 심지어 회사가 어려울 때 감원 대상이 되지요.

저는 이 역설적 진리를 실천했어요. 세월호 사건을 계기로 퇴직했다고 이미 말씀 드렸지요? 2014년 6월 저는 경영진 한 분께 퇴직 의사를 밝혔습니다. 6개월의 말미를 주시더군요. 그때부터 저는 더 열심히 일했어요. 제가 회사를 떠날 때 사람들이 안타까움을 느낄 수 있도록 말이죠. 저는 세 아들에게도 이 진리를 가르치고 있습니다.

"너희들이 취직하지 않고 꼭 창업해야만 하는 건 아니야. 하지만 조직에 들어가 거기에만 목매달고 살면 안 돼. 주어진 상황에 길들여지면 노예가 되거든. 회사 안에 있더라도 늘 자신을 계발하고 독립을 준비해야 아무도 너를 무시하지 못해."

학교도 마찬가지라고 봅니다. 많은 학생들이 마치 평생토록 학교에만 있을 것처럼 안일하게 생각합니다. 학교로부터 독립한 후 어떤 삶을 살아갈지 진지하게 고민하지 않지요. 아버지가 독립할 생각 없이 반복된 삶을 살고, 아들도 습관적으로 학교에 간다면 그 가정의 미래는 어떻게 될까요? 그다지 밝지 않겠지요. 퇴사 준비자가 되레 장기근속 한다는 원리, 기억해 둘 만하지 않나요?

여행을 떠나자, 가난한 나라로

2015년 프리랜서 생활을 시작하면서 제가 제일 먼저 한 일은 큰아들 현민이와 여행을 떠나는 것이었어요. 기간은 2주, 목적지는 캄보디아. 처음부터 캄보디아를 생각한 건 아니었어요. 그저 가난한 나라로 여행 가기로 한 거지요. 예전에 직장 선배가 제게 이야기해 주었어요. 자식이 태어나거든 가난한 나라를 함께 여행하라고. 부자 나라에서 호화롭게 여행을 즐기면 아들은 감사함을 모르게 된다고. 그래서 여행지를 물색하다가 킬링필드의 나라로 결정한 것이었습니다.

캄보디아는 신비로운 나라였습니다. 처음부터 가난한 나라도 아니었고요. 캄보디아의 수도 프놈펜은 1960년대 서울의 느낌을 주는 도시였어요. 자동차와 용달차 택시, 오토바이와 자전거가 뒤섞인 거리는 여행자의 정신을 쏙 빼놓았죠. 교회의 주선으로 우리를 맞아 준 현지인 가정의 형편도 그리 넉넉하지 않아서, 우리는 다락방을 개조해 만든 그 집 딸 침실에 머물렀어요. 그 딸은 우리에게 방을 내주고 일주일간 친구 집에서 지냈고요.

집 밖으로 나가면 거리는 별천지였습니다. 1950년대 캄보디아는 한국에 식량을 원조할 정도로 부자였어요. 싱가포르가 도시계획을 준비할 때 프놈펜을 참조할 정도로 도시개발 정책도 앞서가는 나라였지요. 하지만 1967년 크메르 루즈 정권이 들어서면서 온 나라가 19세기로 후퇴해 버렸습니다. 정부는 개인 재산을 몰수했고 공산주의식 공동체 생활을 강요하며 각 가정에서 취사도구마저 빼앗았지요. 안경을 쓴 사람들은 지식인으로 몰아세워 죽였고 전국을 농업국가로 바꾸어 놓았습니다. 그 바람에 프놈펜의 시계는 1967년에 멈추어 버렸어요.

공산 정권의 감옥박물관을 방문한 현민이는 큰 충격을 받았습니다. 나쁜 리더를 만나면 나라가 얼마나 풍비박산이 되는지 눈으로 직접 본 셈이었죠. 올바른 리더십이 얼마나 중요한지 가르치는 방법으로 이것보다 뛰어난 방법이 있을까요? 현민이와 저는 여행 기간 동안 캄보디아와 한국의 역사를 비교하며 많은 대화를 나누었어요. 지금도 현민이와 저는 때때로 캄보디아 이야기를 합니다.

캄보디아 여행 덕분에 제 생각도 크게 변했습니다. '여행은 편하려고 가는 게 아니다. 여행이란 세상을 만나고 시야를 넓히는 경험이다. 그러니 여행은 돈 많을 때 누리는 사치가 아니라 빠듯한 살림일지라도 계속 시도해야 할 가성비 높은 교육 체험이다.' 이런 생각을 하게 된 거지요. 무엇보다 제가 정말로 회사를 떠나 프리랜서가 되었다는 걸 절감하는 계기였어요. 2주 동안 아들과 낯선 땅을 여행하면서 나이 마흔다섯이 되어서야 비로소 제 인생을 스스로 운전하고 있다는 생각이 들었으니까요.

말만 하지 말고 정말로 도전, 이스라엘 여행

"혼자서 이스라엘에 갔다고?"

친구는 눈을 동그랗게 뜨고 물었습니다. 2017년 추석 연휴 기간에 세 아들을 아내에게 맡기고 열흘간 이스라엘을 여행했다고 실토했더니 말이지요.

홈스쿨링을 처음 시작할 때부터 저는 유대식 자녀교육 방법에 관심이 많았습니다. 그래서 언젠가 한번은 이스라엘에 꼭 가보겠다고 결심했지요. 하지만 일찍이 오마에 겐이치가 말했지요. 결심은 가장 어리석은 짓, 우리 삶을 바꿀 수 없다고.

2016년 가을 저는 이스라엘 전문가에게 이메일을 보냈습니다. 그리고 이듬해 1월 김인철 목사님을 만났지요. 추석 연휴에 이스라엘에 가신다는 말을 듣고는 저를 데려가 달라고 냉큼 부탁했습니다. 목사님은 '자리가 나면…'이라는 조건을 달고 저를 받아 주셨지요. 그리고 정말로 그해 가을 목사님을 따라서 이스라엘에 다녀왔어요.

그래서 유대식 교육법을 배웠냐고요? 아니요. 열흘짜리 여행자가 현지 교육에 대해 무얼 배울 수 있겠습니까? 다만, 이것 한 가지는 확실히 배웠지요. 기회는 간절히 고대하는 사람에게 그 모습을 드러낸다는 사실을.

세상에는 이걸 하겠다, 저걸 하겠다 말만 하는 사람이 참 많습니다. 듣고 있으면 헛웃음이 나오지요. 가끔은 그런 사람들에게 묻고 싶기도 해요.

"그래서 지금까지 뭘 하셨나요?"

사람의 삶을 바꾸는 것은 의도도 결정도 선언도 아닙니다. 구체적인 행동만이 변화를 만들어 냅니다.

제가 유튜버가 되었습니다

2017년 저는 유튜브 방송을 시작했습니다. 제 또래 중에 유튜브 채널을 운영하는 친구는 없어요. 그래서 제가 유튜브를 한다고 말하면 다들 의아하게 여기고 묻습니다. 왜 하는데? 뭘 할 건데?

제 닉네임은 '홈스쿨대디'입니다. 2017년 5월 1일에 첫 방송을 송출했지요. 영상을 찍고 편집하고 올리는 모든 과정을 혼자 하려니 만만치 않더군요. 아날로그 시대에 태어난 디지털 이주민으로서 이 모든 작업은 낯설고 불편한 경험이었지요. 이러한 변화 뒤편에는 '브랜드 건축가'가 있었습니다.

캄보디아 여행에서 돌아온 저는 계속해서 변화와 성장을 위해 다양한 사람들을 만나고 다녔습니다. 그러다가 2016년 겨울 IT조선이 주최하는 교육에 참여했지요. 그곳에서 1인 크리에이터를 양성하는 '브랜드 건축가' 김정민 대표를 만났습니다. 일찌감치 광고, 엔터테인먼트 업계에서 실력을 키운 그는 감사하게도 영상 제작을 하나도 모르는 제게 관심을 보이며 유튜브를 해보라고 격려해 주었어요.

"제가요? 제 나이가 몇인데… 조금 있으면 오십이에요."

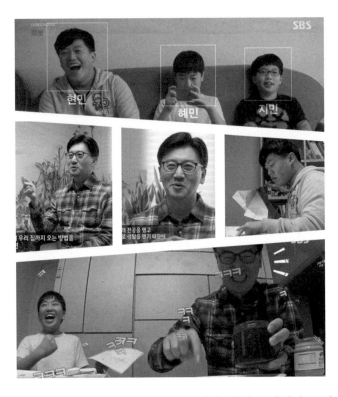

"이 세계에서 나이는 중요하지 않습니다. 우리는 나이가 들어서 늙는 게 아니에요. 꿈을 잃어버리고 상상하지 않기 때문에 늙는 거예요. 그러니 두려워 말고 당장 시작해 보세요. 반드시 성공하실 수 있어요."

반년에 걸친 격려와 도전에 힘입어 저는 2017년에 중고 카메라를 사고, 동영상 편집이 쉽다는 애플 컴퓨터로 PC를 바꾸었지요.

업무 생산성이 절반으로 뚝 떨어지더군요. 그래도 꾹 참고 연습을 거듭했어요. 그래서 5월 1일에 첫 방송을 할 수 있었지요.

유튜브를 하고 나니 좋은 점이 생기더군요. 세 아들에게 '시대를 읽고 앞서가라'고 말할 때 어깨가 펴집니다. 적어도 유튜브만큼은 제가 좀 아니까요. 인생은 재미난 모험의 연속입니다. 그해 말 SBS에서 연락이 왔습니다. 코딩을 주제로 다큐멘터리를 준비 중인데 출연해 달라고요. 오호라, 방송이라니! 마다할 이유가 없지요. 그렇게 해서 우리 가정은 2018년 1월 〈SBS 스페셜 ― 내 아이가 살아갈 로봇 세상〉에 출연했습니다.

한번 시작한 변화는 꼬리에 꼬리를 물고 이어지고 있습니다. 그래서 저는 계속해서 꿈꿉니다. 제 나이가 오십이라는 사실이 저를 주눅 들게 하지 못합니다. 누가 물어보면 이렇게 답합니다. 내 나이는 오십이지만 나는 여전히 꿈꾸고 상상하기 때문에 청년이라고.

행운은 준비된 사람에게 찾아온다

2018년 5월 큰아들 현민이의 진로 탐색을 위해 일본에 다녀왔습니다. 종이접기 종주국 일본은 현민이에게 늘 동경의 대상이었죠. 영어 공부는 그렇게 힘들어하던 현민이가 일본어는 독학으로 배울 정도니까요. 하지만 마땅히 일본에 인맥이 없어서 우리 가정은 막연히 기회만 기다리고 있었어요.

어느 날 아내가 문자를 보내 주었습니다. 용인에 위치한 소명중고등학교에서 일본으로 비전 트립(Vision Trip)을 떠난다는 정보였지요. 관심 있는 홈스쿨러 가정은 합류할 수 있다는 내용이 눈에 들어왔어요. 궁하면 통한다더니… 이렇게 기회가 오는군요. 선생님 한 분이 어린이날 연휴 기간에 개인시간을 내서 학생들을 인솔한다니 여러 가지 질문이 떠올랐습니다. 휴일에 쉬지 않고 학생들을 데리고 일본에 간다고? 요즘에도 그런 헌신적인 교사가 있다고? 그런데 왜 도쿄가 아니라 규슈로 가는 걸까?

자세한 상황을 알고자 현민이를 데리고 소명학교를 찾아갔습니다. 푸근한 인상의 박광제 선생님이 자초지종을 설명해 주셨습니다. 자신이 지도하는 고등학생 네 명이 일본 유학에 관심을 보이자, 선생님은 개인 인맥을 동원해서 사람을 찾았지요. 그랬더니 오래전에 박 선생님이 따르던 교회학교 선생님이 규슈에서 선교사로 활동하고 계시더랍니다.

일행은 교사 3명과 아버지 1명, 그리고 어른만큼이나 체격이 큰 학생 6명이었습니다. 우리를 반겨 준 장석현 선교사님은 10년 넘게 일본에서 거주하고 계신 교육 전문가였습니다. 두 딸은 이미 도쿄대학과 교토대학에 입학했고요. 선교사님 주선으로 우리 일행은 현지에서 유학 중인 한국인 대학생들과 만났고 구체적인 유학 준비를 시작했지요. 현재 현민이는 유학을 목표로 일본어를 공부하고 있답니다.

"행운은 준비된 사람에게 찾아온다"는 말이 있지요. 지난 수년간 우리 가정을 보면 안개 속에서 징검다리를 건너고 있는 듯해요. 매번 한 걸음을 내딛으면 그전까지 보이지 않던 다음 디딤돌이 우리를 초대하지요. 2014년에 퇴직하고 2015년에는 캄보디아 여행, 2017년에 이스라엘 여행과 유튜브 시작, 2018년에는 일본 유학 결정. 2019년에는 또 어떤 일이 일어날까요? 미래에 대한 기대로 심장이 뜁니다. 나이 오십에 말이죠.

아버지라는 브랜드

중년이 되어 더 많이 더 빨리 변하고 있는 제 삶의 지향점은 뭘까요? 달리 표현하면 '아버지 김용성'의 브랜드 정체성은 무엇일까요? 저는 종종 마케팅의 관점에서 아버지와 아들의 관계를 봅니다. 아버지는 자녀양육 서비스 제공자이고, 아들은 그 서비스의 고객이지요. 현민, 해민, 지민 세 아들이 '아버지 김용성'이라는 브랜드를 좋아하게 만들려면 제가 그만큼 고품질 서비스를 제공해야 합니다. 그래서 아들의 마음 점유율, 하트 쉐어(heart share)를 키워야 하지요.

어떤 자녀교육 전문가는 부모에게 자녀의 친구가 되라고 조언합니다. 열두 살 이전에는 그게 맞겠지요. 하지만 사춘기 이후에도 그게 통할까요? 제 판단으로 그건 어리석은 마케팅 정책입니다. 부모가 어떻게 자녀의 또래 친구들보다 더 재미난 친구가 될 수 있을까요? 아들 친구처럼 온라인 게임 파트너가 될 수 있을까요? 딸 친구처럼 걸그룹 춤을 더 잘 출 수 있을까요? 이미 지는 게임을 시작하는 겁니다.

그래서 저는 세 아들의 친구가 되지 않기로 결정했습니다. 그 대신 아버지가 되기로 했지요. 아버지만이 줄 수 있는 서비스를 고민하던 끝에 저는 아들에게 여행을 제안했어요. 한 번에 한 명만 여행에 데려가서 아이가 부모의 사랑을 독점할 기회를 주었지요. 그랬더니 세 아들 각각의 마음속에 아버지에 대한 브랜드 로열티가 커졌습니다.

아버지 김용성의 브랜드 정체성은 이렇습니다. 한 걸음 앞에서 길을 안내하는 '어드벤처 가이드.' 세 아들은 저와 함께 캄보디아, 싱가포르, 인도네시아, 태국, 일본 등을 여행했습니다. 고등학생 현민이는 제게 면도하는 법을, 중학생 해민이는 수학 공부법을 배웠고, 초등학생 지민이는 운전하는 법을 배우고 있지요. 저와 함께 있으면 모험을 즐길 수 있기 때문에 세 아들은 여전히 저와 함께 대화하고 여행하는 걸 좋아합니다.

아버지 여러분의 브랜드 정체성은 무엇인가요? 자녀의 브랜드 충성도는 높은가요? 아니면 아이들의 마음이 점점 집 밖으로 향하고 있나요? 대답은 여러분의 몫입니다.

가족이 함께 만드는 비전보드

어느 명궁이 수제자 둘을 데리고 들로 나갔습니다. 명궁은 두 사람에게 제각각 100보 떨어진 곳에 서 있는 나무를 지정하고서 활시위를 당기라고 명했지요. 팽팽하게 시위가 당겨진 상태에서 명궁이 물었습니다.

"무엇이 보이느냐?"

첫 번째 제자가 답했습니다.

"나무가 보입니다. 하늘도 보이고, 구름도 보입니다."

두 번째 제자도 답했습니다.

"나무만 보입니다."

명궁은 첫 번째 제자의 활에 손을 얹어 제자가 활을 내려놓게 했습니다. 그러고는 다른 제자에게 말했지요.

"너는 쏘아도 된다."

두 번째 제자의 화살이 눈 깜짝할 사이에 과녁을 꿰뚫었습니다.

무언가를 시작하기 전에 먼저 목표가 무엇인지 정할 필요가 있습니다. 영향력의 원에 집중하기로 했다면 꿈과 목표부터 정해야

지요. 올해 초 우리 가정은 함께 모여 각자 자신의 꿈을 이야기 했습니다. 그리고 그 꿈에 걸맞은 이미지를 모아 비전보드(Vision Board)를 만들었어요. 비전보드를 출력해서 벽에 붙여 두니 한 달이 넘도록 계속해서 꿈을 의식하게 되더군요.

올해 제 꿈은 세 가지입니다.

첫째, 유튜브 영상 30개를 만들어 업로드 하는 겁니다. 제게 유튜브 제작은 절대 킬링타임 활동이 아닙니다. 엄연히 꿈을 가지고 하는 일이지요. 홈스쿨링 가정의 일상을 소개하는 영상을 통해 공교육의 대안을 찾는 가정들에게 희망을 주는 것이 첫 목적이고, 두 번째로 퇴직 후 제 노후를 준비하는 과정이기도 합니다. 누가 압니까? 제가 훗날 홈스쿨링 전문가로 소개되어 방송에 나올지.

둘째, 3년째 하고 있는 히브리어 공부를 계속해서 올해 안에 3급 교육을 마치는 겁니다. 마지막으로 큰아들 현민이를 준비시켜 '일본에서 한 달 살아 보기' 체험을 시킨 뒤, 아들의 안내를 받으며 일본 여행을 하는 겁니다. 일본 유학을 꿈꾸는 현민이의 꿈에 살짝 올라타는 거지요.

그림의 나머지를 설명하면 이렇습니다. 올해 여름, 고2 현민이는 '2019 일본 종이접기 컨벤션'에 참가할 예정입니다. 더불어 일본에 한 달 체류하며 유학도 준비하기 위해 JLPT 3급에 도전하고요. 중2 해민이는 한자시험 5급에 도전하며 취미로 시작한 기타를 더 열심히 하겠다고 했습니다. 초6 지민이는 사진을 제대로 배울 생각이고, 아내는 운동을 열심히 하고 책을 듬뿍 읽겠답니다. 저는 기대합니다. 올해 말 우리 가정은 정말 달라져 있을 거라고요. 그리고 그중에서도 제가 가장 많이 변할 겁니다.

변화를 꿈꾸는 사람은 먼저 과녁을 정합니다. 그리고 과녁을 뚫어져라 바라봅니다. 그리고 활시위를 당깁니다. 여러분의 과녁은 무엇인가요?

인생을 확실하게 낭비하는 방법

앞서 소개한 이야기들이 지나치게 정답처럼 보이고 그래서 흥미를 잃으셨다면 여기 반대로 사는 방법도 소개합니다. 혹시 구미가 당긴다면 이 방법도 고려해 보세요. 인생을 사는 방법만큼이나 인생을 낭비하는 방법도 여러 가지입니다. 그중 효과적인 몇 가지를 소개합니다.

1. 자신을 고립시키기

인간은 집단생활을 하는 존재입니다. 그래서 사람들, 그중에서도 가족과 어울리면 손쉽게 행복해지는 경향이 있으니 각별한 주의가 필요합니다. 가능한 사람들과 만날 기회를 피하고 그러면서도 자신이 여전히 사회와 연결되어 있다는 착각을 유지하도록 SNS 활동은 유지하세요.

2. 상황을 심각하게 받아들이기

웃어넘기는 일이 늘어날수록 생명이 연장되는 불상사가 생깁니다. 사소한 일에도 심각해지세요. 대충 살아가는 사람들을 비웃고 비난하면서요. 불평은 하면 할수록 발전하는 기술이니 매일 그리고 자주 연마해야 합니다.

3. 과거를 후회하고 미래를 걱정하기

'현재에 충실하라'는 복음은 개나 줘버립시다. 돌이킬 수 없는 과거의 실수와 잘못을 되새기고 핵전쟁이나 운석 충돌 같은 전 지구적 재앙을 걱정하세요. 자기 전에 하면 특히 효과적입니다.

4. 막연한 목표 세우고 행동 미루기

구체적인 목표를 세웠다가 달성해 내는 실수를 저지르는 사람들이 종종 있습니다. 모호하고 허황되며 수시로 바뀌는 목표야말로 무기력한 인생을 만드는 최상의 레시피입니다.

5. 두려움을 친구 삼아 도전 회피하기

이불 밖은 위험합니다. 자고로 새로운 시도는 하지 않는 게 상책이죠. 도전은 콜럼버스에게 줘버리고 집 안에 머물러 어제처럼 사십시오. 내일은 또 오늘처럼요. 그게 최선의 방법입니다.

인생은 속도가 아니라 방향

현민이가 아프리카 여행을 포기한 이유

정말로 제가 현민이에게 아프리카 여행을 제안했습니다. 하지만 현민이가 포기했지요. 사연은 이래요. 현민이가 초등학교 4학년이었을 적 꿈은 동물학자였어요. 제가 물어보았지요.

"존경하는 동물학자는 누구니?"

"제인 구달이요."

현민이는 망설임 없이 답했어요. 영국 출신 침팬지 전문가 제인 구달. 변변한 학위도 없이 아프리카에서 박물관장의 비서로 일하던 그녀는 박물관장의 권유로 침팬지 연구를 시작했지요. 그리고 침팬지가 도구를 사용한다는 사실을 포함한 새로운 발견으로 기존의 학설 몇 가지를 뒤집었어요. 제인 구달의 연구 실적이 얼마나 대단했던지 영국 케임브리지 대학은 학사 학위도 없는 그녀를 박사 과정에 받아 줄 정도였답니다. 그렇게도 좋아하는 제인 구달 선생님을 직접 만날 수 있다고 하니 현민이 눈이 번쩍 뜨였지요. 그 모습을 보고서 제가 제안을 하나 했습니다.

"현민아, 제인 구달 선생님이 한국어를 하시니?"

"아니요."

"그러면 너는 영어를 하니?"

"아니요."

"그럼 이렇게 하자. 아빠는 여행 경비를 마련하기 위해 돈을 벌 테니 너는 영어 공부를 하는 거야. 어때?"

현민이가 영어 공부를 했을까요? 아니요. 제인 구달은 안 만나기로 했습니다. 그때 저는 중요한 걸 배웠어요. 진짜 꿈과 가짜 꿈을 구분하는 방법이요. 진짜 꿈을 꾸는 사람은 희생을 불사합니다. 반면, 가짜 꿈을 꾸는 사람은 희생을 하느니 꿈을 버리지요.

지난 몇 해 동안 세 아들의 꿈은 수시로 바뀌었어요. 그 과정에서 아들과 함께 진로를 탐색하는 방법을 배우게 되었지요. 우리 가정이 발견한 진로 탐색 방법론을 한번 보시겠어요?

진로 탐색 1단계_재능과 적성 찾기

우리 가정은 세 아들의 재능을 기준으로 진로를 결정했습니다. 요즘 인기 있는 직업을 기준으로 삼지 않았지요. 세상의 인기 직업을 기준으로 삼으면 아이들이 남의 인생을 사는 꼴이 될 수 있으니까요.

진로 탐색은 3단계로 이루어졌어요.

1단계 재능과 적성 찾기

2단계 진로 방향 정하기

3단계 롤모델 만나기

여러분 자녀의 재능은 무엇인가요? 지능 말고 재능이요. 사람들은 지능을 무척 강조합니다. 지능검사 점수가 높게 나오면 어깨가 으쓱거리지요. 하지만 지능지수가 언제 어떻게 만들어졌는지 알고 나면 십중팔구 생각이 바뀔 겁니다. 지능지수는 흔히 IQ(Intelligence Quotient)라고 하죠. 100여 년 전 고안된 옛날 개념입니다. 1904년 프랑스 정부가 학교생활이 어려운 학습 부적격 아동을 찾아내려고 만들었어요. 학교 공부를 기준으로 만들다 보니 언어능력, 수리능력, 기억력이 주요 검사 영역입니다. 하지만 이후에 이 개념은 학자들의 많은 도전을 받았지요.

1983년 하버드 대학의 하워드 가드너(Howard Gardner) 교수가 여덟 가지 유형의 다중지능 이론을 소개했습니다. 기존의 IQ 검사에서 누락된 다양한 분야가 모두 지능의 영역이라고 주장한 거지요. 이에 따르면 우리 아이들은 모두 뛰어난 인재가 될 수 있습니다. 참으로 격려되는 이야기 아닌가요? IQ 중심의 교육관은 소수의 승자와 다수의 패자를 양산하지만, 다중지능 중심의 교육관은 아이들의 재능을 개발할 수 있게 도와줍니다. 그래서 요즘 교육 전문가들은 다중지능 이론을 지지하지요. 다중지능의 내용을 자세히 들여다보면 우리가 이제껏 재능이라고 불렀던 것이란 걸 알게 됩니다.

자녀의 재능을 알아보는 제일 확실한 방법은 간단합니다. 각 가정에서 쉽게 할 수 있어요. 아이들이 지루하다고 할 때까지 아무 것도 시키지 않고 지켜보는 겁니다. 네, 그게 전부예요. 재능은 아이들이 타고난 능력이라서 아이들은 본능적으로 그걸 사용하고 싶어 해요. 할 일이 없어 지루할 때엔 더욱 그렇지요.

저는 컨설팅 회사에서 일하면서 재능의 세 가지 유형을 배웠습니다. 사물을 잘 다루는 유형, 사람을 잘 다루는 유형, 정보를 잘 다루는 유형. 처음 들으신다고요? 마이클 포터(Michael Porter)

의 본원적 경쟁전략과 에드워드 거브먼(Edward Gubman)의 인적자원 활용 방법론을 응용해서 만든 거라서 낯설 수는 있지만, 직관적으로 이해할 수 있는 간단한 방법이랍니다. 이 세 가지를 Hand, Heart, Head 유형이라고도 부릅니다. 저는 이 구분법으로 세 아들을 지도했는데 신기할 정도로 잘 들어맞았어요.

첫째 아들 현민이가 초등학교 다닐 적에 로봇 만들기 방과후수업에 참여했어요. 선생님은 현민이를 예쁘게 보시고 현민이 질문에 친절하게 답해 주셨지요. 현민이는 친구들보다 빨리 진도를 나가서 한 학기 만에 1년치 진도를 마치고 자기 나름의 로봇을 만들기 시작했어요. 현민이는 사물을 잘 다루는 'Hand 유형'이었던 겁니다. 현민이 사회성이 늦게 발달한 이유도 이해가 되더군요. 사물을 다루는 특성이 두드러지는 만큼 사람을 다루는 특성이 약했던 거지요.

둘째 아들 해민이는 어릴 적에 빈 방을 찾아다니면서 전등불 끄기를 좋아했어요. 전기 요금 줄이려고 하는 거냐고 물었더니 그냥 그게 좋다고 하더군요. 알고 보니 해민이는 규칙과 패턴을 찾아내고 답이 딱 떨어지는 수학을 좋아하는 'Head 유형'이었어요. 해민이는 큐브에 도전했어요. 3.3.3 큐브를 20초 안에 맞추더니 더 어려운 큐브를 찾더군요. 차를 타면 해민이가 앞 차 번호판을 보고 '저 번호는 3의 배수, 끝자리 두 개가 소수'라는 식으로 말했어요. 이러한 특성은 해민이가 왜 그렇게 자주 짜증을 내는지도 설명해 주지요. 정보를 다루는 특성이 두드러지는 만큼 규칙과 패턴이 무너지는 상황이 오면 마음이 힘들었던 겁니다.

셋째 지민이는 모임에 가면 늘 친구들을 모아서 떼 지어 노는 걸 좋아해요. 또래 남자아이들을 모아서 그룹을 만들고 이름을 정한 뒤에 여자아이들과 대결을 하는 식이지요. 그래서 아이들은 지민이를 좋아하고 지민이는 체격이 크지 않은데도 종종 리더 노릇을 합니다. 아내와 제가 말다툼이라도 할 때면 부모를 화해시키려고 노력하는 것도 막내 지민이에요. 지민이는 사람을 잘 다루는 'Heart 유형'이 분명합니다.

Hand, Heart, Head 유형으로 재능을 찾는 방식은 간단하고 효과적입니다. 아이들을 바쁘지 않게 해주고서 살펴보는 거예요. 배우지 않고도 쉽게 따라하는 행동, 남다르게 관심을 보이거나 즐거움을 느끼는 행동이 아이의 재능을 보여주는 단서지요. 일단 이걸 찾아내서 육성하면 아이들은 자연스럽게 성장한답니다.

안타깝게도 요즘 부모들은 아이들이 지루함을 느낄 때까지 방치하지 않습니다. 아이들이 심심하다고 말하면 부모로서 큰 잘못이라도 한 것처럼 죄책감을 느끼기도 하지요. 그런데 그건 우리가 속고 있는 겁니다. 심심해도 됩니다. 지루해도 됩니다. 하루 이틀 심심하다고 해서 아이들의 정신건강이 망가지지 않습니다. 아이들을 방치해 보세요. 그리고 지켜보세요. 그래야 비로소 아이의 진짜 재능을 찾아낼 수 있을 겁니다.

진로 탐색 2단계_진로 방향 정하기

진로를 이야기할 때 사람들은 흔히 직업을 생각합니다. '너는 수학을 잘하니까 수학자가 되거라' 식으로 말이지요. 그런데 세상에 직업이 몇 개나 있을까요? 한국직업사전에 따르면, 우리나라에 약 1만 2천 개 직업이 있답니다. 부모들은 그중 몇 개나 알고 있을까요? 기껏해야 백여 개 아닐까요? 그러니 직업으로 아이들의 미래를 정의하는 건 현명하지 않아요. 되레 아이들의 상상력을 제한하게 되니까요.

그래서 저는 다이어그램으로 진로 방향을 찾지요. 이 방법은 짐 콜린스(Jim Collins)의 책 『좋은 기업을 넘어… 위대한 기업으로 (Good to Great)』에 소개된 기업분석 틀과 비슷합니다. 간단히 말하면, 좋아하는 활동, 잘하는 활동, 돈 버는 활동의 교차 영역을 찾는 겁니다.

이 방법을 사용하면 핵심 활동, 이른바 the ONE thing을 찾을 수 있어요. 한 가지 사례로 제 이야기를 해보겠습니다.

고등학생 시절 제 꿈은 이론물리학 교수였습니다. 물리 선생님은 저를 말리셨어요.

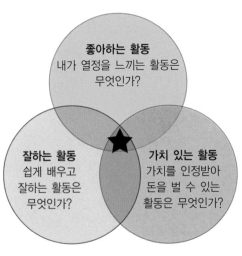

the ONE thing 다이어그램

"용성아, 그거 너무 어려워. 그거 하면 머리 다 빠져."

물리 선생님이 거의 대머리였기에 그 말은 무척 진정성 있게 느껴졌어요. 선생님의 만류 때문에 저는 물리학을 전공하지 않았지요. 하지만 선생님의 말씀은 반만 맞았어요. 물리학 공부를 안 해도 머리는 빠지더군요. 저는 컴퓨터공학과에 진학했고 서서히 흥미를 잃기 시작했어요. 대신 합창단에 가입해서 열심히 노래를 불렀지요. 대학 시절, 저는 뮤지컬 배우가 되기를 꿈꿨습니다. 컴퓨터공학을 전공하면서 이론물리학 교수와 뮤지컬 배우가 꿈이라니. 정말 대책 없는 학생이지요?

그런데 the ONE thing을 찾아보니 물리학 교수와 뮤지컬 배우가 같은 활동을 한다는 걸 깨달았어요. 물리학 교수는 자연의 원리를 언어와 공식으로 풀어내는 사람이고 뮤지컬 배우는 희로애락의 인간사를 노래, 춤, 연기로 풀어내는 사람이지요. 바로 그거였어요. '복잡한 내용을 쉽게 풀어 전달'하는 게 저의 the ONE thing인 거지요.

그때부터 저는 무언가를 배워서 쉬운 말로 바꾸어 전달하는 방법을 연마했습니다. 그 일을 잘하려면 선명한 개념과 친근한 사례를 찾는 것은 기본이고 발성과 몸가짐도 중요하다는 걸 깨달았지요. 그래서 직장생활을 하면서 스피치 학원에 등록해서 발성법과 발표 습관을 교정 받았어요. 좋아하는 활동(복잡한 내용을 쉽게 풀어내기)과 잘하는 활동(말과 글로 생각을 표현하기)이 겹쳐지면서 서서히 제 능력에 자신감이 생겼습니다.

경영컨설턴트 시절에 저는 이런 질문을 받곤 했습니다.

"컴퓨터공학을 전공하신 분이 어떻게 경영컨설팅을 하게 되었나요?"

하지만 제가 고객사의 복잡한 상황을 풀어 이해하기 쉬운 말로 설명하는 걸 보신 분들은 더 이상 묻질 않더군요. 직장생활 하는 아버지들은 아시잖아요. 사회생활에서는 전공이 아니라 전문성이 중요하다는 것을. 아이들도 마찬가지예요. 아이가 잘하는 활동과 좋아하는 활동을 찾고 이 교차점에서 진로 방향을 정하면 절반은 성공한 거예요. 이제 그 방향으로 내달리면 되니까요.

현민이는 중2 나이에 진로 방향을 정했어요. 손을 이용해서 물건 조립하기를 좋아하던 현민이는 정식으로 종이접기를 선택했어요. 실력을 키우려고 학원과 협회를 오갔고, 중3 때 국가공인 강사 자격증도 따냈어요. 과연 그걸로 먹고살 수 있을까요? 그건 두고 볼 일입니다. 중요한 건 현민이가 재능과 적성에 기반해서 진로를 정했다는 거지요. 아버지가 거기까지 해주었으니, 이제 현민이가 세상을 경험하면서 살아갈 방법을 찾아야 하지 않겠습니까? 제가 밥벌이까지 챙겨 줄 수는 없는 일이니까요.

진로 탐색 3단계_롤모델 만나기

금수저 출신도 아닌 제가 아들에게 재산이나 기업을 물려줄 수는 없는데 무엇을 해줄 수 있을까요? 저는 이런저런 고민을 하다가 '좋은 경험'을 주어야 하겠다고 생각했습니다. 그래서 아이의 꿈과 관련된 사람들을 만나게 해주려고 노력했어요. 쉬운 일이 아니더군요. 하지만 궁하면 통한다고 노력하면 길은 열립니다.

2013년 현민이가 동물학자가 되고 싶다고 하길래 서울대공원장에게 편지를 써보라고 했어요. 그리고 제가 그 편지를 대공원장에게 부쳤지요. 2주 만에 연락을 받았습니다. 제가 편지를 잘못 보냈다고 하더군요. 동물원장에게 보낼 편지를 대공원장에게 보낸 게 실수였지요. 하지만 안영로 대공원장은 현민이의 편지를 읽고서 그 편지를 노정래 동물원장에게 보여주셨어요. 덕분에 현민이는 대공원장과 동물원장을 한꺼번에 만나는 행운을 누렸지요.

이 일을 계기로 우리 가족은 만나고 싶은 사람에게 편지나 이메일을 쓰기 시작했어요. 답장을 받지 못한 경우도 있지만 포기하지 않습니다. 여행하는 수의사로 알려진 조영광 박사는 황우석 박사팀이 만든 복제견을 만나게 해주셨어요. 현민이는 종이접기 컨벤션에서 해외 전문가를 만나면 인사를 건넵니다.

저는 아들을 제 친구에게도 종종 소개합니다. 그러면 친구들은 하나같이 제 아들의 이야기를 들어주고 격려해 주고 가끔은 용돈을 쥐어 주기도 하지요. 이런 과정을 통해서 세 아들은 관심 분야에서 일가를 이룬 어른을 만나는 게 가능하다는 걸 깨닫기 시작했어요.

자녀를 명문학교에 진학시키려면 아버지의 무관심이 필수라고요? 제 생각은 다릅니다. 아버지가 할 수 있는 일이 엄청 많아요. 학과목 공부는 자녀교육의 일부에 불과합니다. 아이들이 배워야 할 건 학과 공부가 전부는 아니지요. 우리 아이들이 아버지의 삶의 경험과 통찰을 단 10퍼센트만 물려받아도 몇 년치 고생을 덜할 것이고 수천만 원 어치의 낭비를 줄일 수 있을 거예요. 그래서 아버지들이 자녀의 진로 지도를 하는 게 맞다고 봅니다. 여러분이 동의하지 않아도 제 생각은 변함없습니다. 저는 계속해서 세 아들의 진로 지도를 할 겁니다.

스카이캐슬의 반면교사

드라마 〈스카이캐슬〉 덕분에 미국판 대치동이 있다는 걸 알게 되었네요. 이름 하여 버지니아주 페어팩스 카운티. 흥미롭게도 미국판 대치동에서도 자녀교육은 엄마가 주도하더군요. 한때 미국에서 '호랑이 엄마(Tiger Mother)'라는 말이 유행이었지요. 중국계 미국인 에이미 추아(Amy Chua)가 두 딸을 키운 경험을 바탕으로 쓴 책에서 시작된 말입니다. 예일 대학교 법학과 교수 에이미 추아는 여느 아시아계 부모처럼 엄격한 규율로 두 딸을 키웠지요. 두 딸에게 늘 A학점을 기대했고, 연주회를 앞둔 딸에게 하루 6시간 연습도 시켰지요. 그녀의 가정교육 방식이 책으로 출간되자 미국 내에서는 에이미 추아의 교육 방식이 지나치게 강압적이라는 비판의 목소리도 있었어요.

그래서 두 딸은 어떻게 되었을까요? 유대인 아버지와 중국인 어머니 아래서 혹독하게 교육받은 두 딸은 모두 하버드 대학에 입학했습니다. 큰딸은 하버드를 졸업하고 예일대 법학대학원에도 진학했고요. 이런 사실이 알려지면서 에이미 추아의 교육법이 효과적이라는 긍정적인 평가도 많았습니다.

한국의 부모들은 에이미 추아에게서 무얼 배워야 할까요? 엄격한 자녀교육 방식? 그건 정말 핵심을 놓친 대답입니다. 에이미 추아의 사례에서 돋보이는 점은, 그녀가 '타고난 재능이 전부'라는 미국식 통념에 도전했다는 겁니다. 미국 사회는 재능을 지나치게 강조한 나머지 학생들에게 '인내와 노력'을 요구하지 않아요. 그 바람에 미국 사회에 학교 중퇴자가 그리도 많은 겁니다.

우리가 에이미 추아에게서 배워야 할 것은 호랑이 엄마가 되어 아이들을 닦달하는 게 아니라, 우리 또한 한국식 통념에 도전해야 한다는 것 아닐까요? 저는 한국식 교육의 대표적 통념으로 '돈 들여 가르치면 아이들은 배운다'는 학원 전지전능설을 꼽습니다. 자녀의 재능도 적성도 아닌 우수한 학원 강사와 이를 감당할 수 있는 부모의 재력이 자녀의 성적을 좌우한다는 믿음이지요.

'노력하면 뭐든지 할 수 있어'라는 부모를 향해 아이들은 뭐라고 하는지 아시나요? 아이들은 이렇게 말합니다.

"그렇게 말하는 엄마는 왜 서울대에 못 갔대? 자기도 못 간 학교를 왜 나한테 가라는 거야."

이미 균형 감각을 잃어버린 한국 엄마가 '타이거 마더'식 자녀교육을 지향하는 건 정말 위험하다고 생각해요. 벤치마킹을 하려면 제대로 해야지요. 어설프게 겉모습만 보고서 미국에 사는 대치동 엄마를 흉내 내면 아이들이 망가진답니다. 〈스카이캐슬〉이 하는 이야기가 바로 그거잖아요.

쏭내관을 아시나요?

여러분, 역사 선생님 설민석 씨 아시죠? 문장 끝을 길게 끄는 독특한 말투로 한국사를 재미나게 설명해서 전국적 인기를 끌고 있지요. 그런데 초등생 사이에서는 궁궐 해설사 쏭내관이 그에 못지않은 인기를 누린답니다. 제가 쏭내관에 대해 말씀 드릴게요.

송용진 씨는 학생 시절 드라마 〈용의 눈물〉을 보고 한국사에 빠져들었답니다. 하지만 정작 경복궁에 가서 보니, 상세한 설명을 들을 길이 없어 실망했지요. 그래서 궁궐의 역사와 구조를 설명하는 책을 사서 독학으로 궁궐을 공부했답니다.

어느 날 궁궐에서 책을 읽고 있는데, 옆에서 엄마와 아들이 실랑이를 벌이더래요. 엄마는 아들이 역사를 공부하길 바라며 데려왔는데 아들은 놀 생각만 했던 거지요. 송용진 씨는 그 엄마를 도울 생각으로 아이에게 궁궐에 얽힌 이야기를 해주었습니다. 이야기를 마치고 자리를 뜨려는데 관광객들이 따라오더래요. 용진 씨가 궁궐 가이드라고 생각한 거지요. 용진 씨는 동생에게 자신의 경험을 자랑하면서, 자신은 궁궐이 정말 좋다, 어쩌면 전생에 왕자였을 거라고 말했다네요. 그러자 동생이 일침을 놓았어요.

"왕자는 무슨… 내시였겠지."

그 말에 힌트를 얻은 송용진 씨는 본격적으로 궁궐 해설을 시작했습니다. 내시 복장을 맞추어 입고 말이지요. 그게 쏭내관의 시작이었습니다. 자칭 궁궐 해설사 쏭내관은 곧 유명해졌습니다. 어느 날 출판사 직원이 찾아와 책을 내자고 권했죠. 송용진 씨는 궁궐 가이드 경험을 살려 읽기 쉬운 책을 썼습니다. 『쏭내관의 재미있는 궁궐 기행』, 『박물관 기행』, 『한국사 기행』, 『세계사 기행』 등 그의 책은 연달아 성공했어요. 첫 번째 책 『궁궐 기행』은 무려 10만 권 넘게 팔렸다고 해요.

생각해 보세요. 나이 서른 가까운 아들이 내관 복장까지 맞추어 입고 궁궐로 출근하는 모습을 보면서 부모님은 뭐라 하셨을까요? '넌, 어쩌려고 그러니? 뭐 해서 먹고살지 걱정도 되지 않니?' 이런 말을 하지 않으셨을까요? 학교를 졸업하고 취직해서 반복된 삶을 사는 것이 일반화된 사회에서 아들의 행동은 분명 걱정거리였을 겁니다.

현재 쏭내관은 풍부한 역사 지식과 재미난 입담 덕분에 초등학교 초빙강사 1순위에 올랐답니다. 많은 부모들은 자녀의 역사 공부를 위해 경복궁에서 쏭내관을 찾아다니지요. 어떠신가요? 시험을 보기 위해 역사를 공부하는 사람과 궁궐이 좋아서 역사를 공부하는 사람의 인생은 이렇게 다르답니다.

우리 아이들은 어떤 꿈을 가지고 있을까요? 아이가 꿈을 이야기할 때 우리들은 어떻게 반응하나요? 쏭내관의 사례를 보면서 저는 다짐합니다. 아이의 꿈을 함부로 판단하지 않기로요. 아이가 살아갈 세상은 제가 살아온 세상과 많이 다를 겁니다. 그렇다면 저의 잣대로 아이의 꿈을 평가하면 안 되겠지요.

지루해? 나보고 어쩌라고

고대 그리스 과학자 아르키메데스는 왕으로부터 왕관이 순금으로 만들어졌는지 확인하라는 지시를 받고 고민에 빠졌습니다. 목욕탕 속에서 곰곰이 생각에 잠긴 그는 문득 방법을 깨닫고 너무도 기쁜 나머지 옷도 입지 않은 채 "유레카(알았다)!"라고 소리 지르며 거리를 뛰어다녔지요. 그런데 왜 하필이면 목욕탕에서 아이디어가 떠올랐을까요?

아이작 뉴턴도 사과나무 아래서 쉬다가 떨어지는 사과를 보면서 중력 개념을 떠올렸답니다. 아르키메데스와 뉴턴의 이야기가 정확한 사실인지는 알 수 없어도 시사점은 분명합니다. 차원 높은 사고는 빈둥거리는 시간에 작동한다는 것 말이지요.

별 생각 없이 단순한 행동을 반복할 때 사람들의 의식은 지루함을 이겨 내려고 딴짓을 하기 시작합니다. 이 과정에서 상상력이 발동하면서 새로운 아이디어가 나오는 거지요. 예를 들어 재미없는 강의나 설교를 들을 때, 샤워할 때, 화장실에 있을 때 종종 새로운 아이디어가 떠오르지요. 제 주장이 아니라 창의성 연구자들이 하는 말입니다.

모두가 바쁘게 사는 한국 사회에서 빈둥거림은 종종 게으름으로 해석됩니다. 이런 사고방식이 깊게 뿌리박힌 나머지, 우리도 아무 일 안 하는 순간에는 불편한 마음을 느끼기도 합니다. 아이들이 지루하다고 투정하면 상당수의 부모는 아이들을 방치하는 게 죄라도 되는 듯 미안해 합니다. 아이가 늘 무언가를 배우거나 즐거움을 느끼도록 하는 게 부모의 책임이라고 생각하는 사람들이 엄청 많은 거지요.

그런데 사실은 반대입니다. 아이들은 때때로 지루하게 키워야 합니다. 늘 부모가 정한 대로 뭔가 해야 하는 아이들, 끊임없이 스마트폰을 보면서 한시도 지루함을 참지 못하는 아이들은 건강하지 않습니다. '만성적인 지루함'은 피해야 하겠지만, '빈틈없이 바쁨' 또한 절대 피해야 합니다. 그렇지 않으면 아이들의 뇌는 방전되고 말아요.

우리 집에서는 종종 아이들을 지루하게 방치합니다. 그러면 가끔 아이들이 심심하다며 스마트폰과 태블릿PC를 빌려 달라고 합니다. 하지만 저도 아내도 쉽사리 넘어가지 않아요. 심심할 때 아들의 사고가 자란다는 걸 믿기 때문이지요.

가끔 이런 질문을 받습니다.

"아이들이 책을 많이 읽네요. 어떻게 가르치셨어요?"

답은 간단합니다. 심심하게 만들면 됩니다. 심심하면 아이들은 책을 읽습니다. 정말입니다. 해보세요. TV도 PC도 스마트폰도 없어지면 아이들은 책을 읽거나 나가 놉니다. 자리에 가만히 앉아 명상하는 아이들은 절대 없으니까요. 그러니 아이들이 심심하다고 투정하면 이렇게 말해 보세요.

"지루해? 나보고 어쩌라고. 그 지루함을 없앨 무언가를 찾아봐. 그게 네가 할 일이야."

인생은 속도가 아니라 방향이다

"인생은 속도가 아니라 방향이다."

저는 이 말을 정말 좋아합니다. 만족스러운 인생을 사는 비법이 기도 하지요. 제 삶 자체가 이 말이 진리라는 증거라고 감히 말씀 드릴 수 있습니다. 제 이야기를 해드리지요.

물리학 교수와 뮤지컬 배우, 두 직업 사이에서 방황하다가 '복잡한 내용을 쉽게 풀어 전달하기'라는 진로 방향을 찾았다는 이야기를 기억하시죠? 일단 방향이 정해지자 그 다음부터 제 인생은 느리지만 흔들림 없이 전진했습니다. 삼성영상사업단 마케팅 부서에 입사해서 최신 영화와 음반을 소개하는 기사를 썼고, 미국상무성에서 일할 때에는 한국의 경제 현황과 주요 기업에 대한 보고서를 작성했어요. 아데코에 입사해서는 퇴직자의 재취업을 위한 교재를 만들어 강의를 시작했고, 경영컨설팅 기업 휴잇에서는 리더십 교육을 담당했습니다. 이 모든 게 하나의 활동으로 요약됩니다. 복잡하고 어려운 내용을 쉽게 풀어 전달하는 것이지요.

저는 세 아들에게도 인생의 목표를 찾으라고 주문합니다. 일단 그 하나를 찾고 나면 그 다음부터는 꾸준한 전진만 하면 되니까요. 안타깝게도 한국의 교육은 방향을 못 정한 아이들에게 무조건 속도부터 내라고 재촉합니다. 일단 학생들은 모든 과목에서 좋은 성적을 내려고 공부합니다. 나중에 뭐가 될지 모르니 일단은 모든 걸 준비하자는 심산인데, 그렇게 하면 나중에 아무것도 이루지 못합니다. 생각해 보세요. 태릉선수촌에 입소한 운동선수가 모든 종목을 준비하나요? 누가 그런 바보짓을 합니까? 그런데 왜 우리 아이들은 모든 과목을 다 잘해야 하나요?

저는 청소년을 대상으로 강의를 할 때에 자전거를 종종 그립니다. 그리고 말하지요.

"앞바퀴는 방향을 결정하고 뒷바퀴는 속도를 결정해요. 앞바퀴가 방향을 잘못 잡으면 뒷바퀴가 돌아갈수록 목표 지점에서 멀어

방향이 먼저, 속도는 그 다음

질 뿐이에요. 그러니 페달 밟기를 멈추고 먼저 앞바퀴 방향을 잡으세요."

어떤 분은 제가 배부른 소리를 한다고 말할지도 모릅니다. 그런 분께 저는 이렇게 도전을 드립니다. 자신의 삶을 돌아보시지요. 여러분은 행복한가요? 자녀들에게 '나처럼만 살면 성공이다'라고 자신 있게 말할 수 있나요? 그렇다면 이 책을 그만 덮으셔도 좋겠군요. 여러분이 믿는 대로 자녀를 지도하세요. 여러분의 방법에도 분명히 일리가 있으리라 믿습니다.

이와 반대로 나이가 들수록 인생에서 뭔가 빠진 듯하고 허망함을 느끼나요? 노력하면 할수록 삶이 소진되는 기분인가요? 그러면 여러분 삶의 앞바퀴에 문제가 있는 겁니다. 아들이 문제가 아닙니다. 내가 더 문제입니다. 그런 분은 더 늦기 전에 페달을 멈추고 자신의 진로 방향, 인생의 방향이 맞는지 확인해 보세요. 그리고 나서 아이는 여러분과 조금 다르게 키워 보시지요. 조금 느려도 됩니다.

저라면 방향도 모르는 채 고속으로 달리는 대신 느리더라도 길 안내 따라 제대로 가겠습니다. 인생은 속도가 아니라 방향이니까요.

재능의 유통기한

어떤 사람이 죽어서 하늘나라에 갔답니다. 천사의 안내를 받던 사람이 물었지요.

"왜 저 방은 설명하지 않고 건너뛰십니까?"

"중요한 게 아니라서요. 그리고 방문을 열어 보면 후회만 하게 된답니다."

안내가 끝날 때까지 그는 그 방을 머리에서 지울 수가 없었습니다. 그래서 천사에게 졸랐지요.

"후회를 하더라도 제가 하겠습니다. 그 방을 보여주십시오."

간곡한 부탁을 듣고 천사가 방문을 열어 주었습니다. 방 안을 들여다본 사람은 크게 한탄했습니다. 방 안에는 그가 살아 있을 때 자신의 재능을 활용했더라면 누릴 수 있었던 성공과 행복이 포장도 벗겨지지 않은 채 놓여 있었습니다.

수많은 어른들이 한참 나이가 들어서야 자신이 무얼 좋아하는지, 어떤 재능을 가졌는지 자문하면서 자괴감에 빠집니다. 마치 생일이 한참 지나서 선물상자를 열어 보았는데 선물의 유통기한이 지나 버린 것 같은 느낌이랄까? 왜 우리는 젊었을 때에 자신의 재능이 무엇인지 찾아보고 아직 기회가 있을 때에 도전하지 않을까요?

'해서 안 되면 어쩌나…'라는 두려움과 '해봐야 뭐가 있겠어…'라는 설익은 포기 때문이겠지요. 수십억의 인구가 자신의 재능을 사용하지 않고 재능의 유통기한이 지나서야 자신의 용기 부족을 후회하면서 삶을 마감합니다. 슬픈 일이지요. 어떤 삶을 살아야 할지 몰라 갈팡질팡하고 있다면, 모험적인 삶을 살았던 작가 헤밍웨이의 말에 귀 기울이면 좋겠습니다.

"가장 짧은 답은 그 일을 해보는 것이다."

아이 하나를 키우려면 온 마을이 필요하다

가끔 사람들은 제게 이렇게 묻습니다. 세상 모든 아버지가 진로 교육 전문가가 될 수 있는 게 아닌데, 과연 아버지가 아이의 진로를 정할 수 있느냐? 과연 그게 맞는다는 보장이 있느냐? 당신은 세 아들의 진로를 어떻게 결정했냐? 등등.

답은 간단합니다. 제가 정하지 않았습니다. 함께 정했어요. 현민이는 다섯 살 때 처음 종이접기를 시작했습니다. 싱가포르 야간 동물원의 기념품 가게에서 뱀 인형과 책을 고르더군요. 한글도 제대로 읽지 못하는 아이가 영어로 된 책을 사달라고 하길래 반대했지요. 그러자 아내가 말했어요.

"아이 생일이잖아. 그냥 사줘요."

생일 선물이라 생각하고 사준 책이 아이의 인생을 결정할 줄은 몰랐습니다. 그러니 현민이가 종이접기 전문가의 길에 들어선 건 아내의 손길 덕분입니다. 어린 현민이는 책을 펼치고 종이를 접다가 이내 쪼르르 제게 와서 완성해 달라고 말했지요. 그때마다 짜증이 화~악. 그 후로 현민이는 7년간 종이를 접었어요. 이제는 놀라움이 화~악.

현민이가 4학년 때 온 가족이 서대문자연사박물관에 갔습니다. 우연히도 그곳에서 어느 5학년 학생이 동물 종이접기 전시회를 하고 있었어요. 아내는 전시회를 지키고 있던 학생 어머니와 한참 대화하더니 제게 이야기했어요.

"우리 현민이도 제대로 가르쳐서 종이접기 전문가로 키워 봐요."

종이접기 전문가라니… 그거 해서 밥 먹고 살 수 있겠어? 현실적인 저는 바로 직업 가능성을 따져 보았지요. 답이 안 나오던데요. 그래도 속는 셈치고 학원에 보냈어요. 거듭 말씀 드립니다만 현민이가 종이접기 길에 들어선 건 아내와 그 이름 모를 5학년 학생 덕분입니다.

3년 전에 저는 현민이를 데리고 영어강사로 일하는 선생님을 만났습니다. 진학 상담 분야에서 이름이 알려진 이분은 현민이 작품을 보자마자 손뼉을 치더군요.

"현민이는 재능이 있어요. 이제 스토리만 만들면 되겠는데요."

선생님의 말은 이러했습니다. '대학 입학 방식이 다양해지기 때문에 공부만 열심히 하는 것은 그다지 매력적이지 않다. 나만의 스토리가 있는 학생에게 더 많은 기회가 주어진다. 현민이가 종이접기로 봉사활동을 하고 동물보호 자원봉사를 해왔다는 스토리

를 만들면 대학 문이 넓어진다.'

되돌아보면 현민이가 종이접기 분야에 매진하게 된 것은 제 결정이 아니었습니다. 아이 엄마가 책을 사주었고, 어느 학생이 롤모델이 되어 주었고, 학원 선생님이 종이접기를 가르쳐 주셨고, 진학지도 선생님이 가능성을 열어 준 결과였어요. 제아무리 부모라도 아이의 재능을 발견하지 못할 수 있습니다. 그러니 부모가 선입견을 가지고 아이의 미래를 재단하는 건 위험할 수도 있어요.

아프리카 속담에 "아이 하나를 키우려면 온 마을이 필요하다"는 말이 있다지요. 정말 그렇습니다. 이 말은 공동체가 자녀교육에 얼마나 중요한 요소인지 알려줍니다. 저는 앞으로도 여러 사람의 조언을 구할 겁니다. '나'는 어리석어도 '우리'는 지혜로우니까요.

물고기 낚는 법 가르치기 전에
물고기를 원하는지 물어보자

자녀교육 관련하여 전문가들은 이렇게 말합니다.

"물고기를 주지 말고 물고기 낚는 법을 가르쳐라."

저는 다르게 말하고 싶습니다.

"물고기 낚는 법을 가르치기 전에 물고기를 원하는지 물어보라."

오리에게 나무 타는 법을 가르치는 대신 수영을 가르치라는 격언이 있습니다. 아이의 재능을 고려해서 교육하라는 말이지요. 물고기 낚는 법을 가르치는 것도 좋지만, 그건 어부가 되기를 희망하는 자녀에게나 통하는 말입니다.

6년 전 세 아들이 홈스쿨링을 시작할 때 저는 아이를 가르쳐야한다는 강한 사명감으로 무장했습니다. 큰아들 현민이가 모범을 보이면 동생들 가르치기가 쉬울 것이라 생각해서 현민에게 집중적으로 영어 공부를 강조했어요. 하지만 시간이 흐를수록 현민이는 자꾸 한계에 도달했고 저는 좌절감을 느꼈지요.

드디어 지난해 저는 현민이에게 영어 공부를 하고픈지 진지하게 물었고, 급기야 영어 공부를 하지 말라고 결론을 내렸습니다. 저는 몰랐는데 그날 밤 현민이가 엄마를 찾아가 울었다고 하더군요. 아버지가 자기를 포기한 거냐고 물으면서요. 그만큼 그날 밤 대화는 치열했답니다.

그러고서는 흥미로운 일이 일어났어요. 현민이가 영어 공부 모임에 가입해서 비로소 진지하게 영어 공부를 시작한 겁니다. 에이 ~ 이런 청개구리를 보았나. 〈도리를 찾아서〉 비디오를 보며 대사를 적고 그것을 다시 읽어 녹음하는 방식인데, 이제껏 제가 가르쳐 준 방식과 다를 바 없었습니다. 어허~ 이 녀석 누굴 놀리나… 하지만 그때 깨달았죠. 저는 현민이가 원하지도 않던 때에 물고기 낚는 법을 알려 주고 있었다는 것을. 저는 왜 이리도 아둔한 걸까요? 저는 물고기 잡는 법을 가르치는 현명한 아버지라 자부했지만, 사실은 아이를 억지로 어부로 만드는 강압적인 아버지였던 겁니다. 이 경험을 통해 저는 조금 더 현명해진 것 같습니다. 둘째 해민이에게는 실수를 덜하겠지요?

06

내가 만든 습관이 결국

나를 만든다

우리 안에 내장된 자율주행 시스템

운전자 없이도 스스로 움직이면서 나를 목적지로 데려다 주는 차가 있다면 우리 일상은 얼마나 편할까요? 자율주행차 시대가 기다려집니다. 흥미로운 사실은 자율주행 기능을 내장한 채 태어나는 사람들이 있다는 거예요. 사실 우리 모두가 그렇지요. 현대 기술의 총아로 불리는 자율주행 기술이 뛰어나다고는 하지만, 우리 인간은 아기 때부터 이 기능을 사용합니다. 의식하지 않아도 미리 프로그램된 행동을 반복하는 이 기능의 이름은 습관입니다.

습관은 아이언맨 슈트와 같습니다. 좋은 습관은 우리의 수고를 덜어 주지요. 나쁜 습관은 아이언맨 슈트이긴 한데 전원이 꺼져 있는 것과 같아요. 갑옷을 입은 채로 잠들었다가 깨어난다고 상상해 보세요. 아마 잠자리에서 일어나는 것만으로도 기운이 모두 빠져 버릴 겁니다. 이처럼 나쁜 습관을 가진 사람은 그 습관과 싸우느라 정작 자신의 꿈을 위해 쓸 에너지는 별로 갖지 못하지요.

습관의 가치를 설명하기 위해 저는 가끔 강의 중에 질문을 던집니다.

"주말에 등산하는 분 있나요?"

한번은 손을 든 한 분이 1년에 30주 가까이 등산을 한다면서, 등산이 기분 전환과 건강관리에 좋다고 자랑을 하시더군요. 옆에 앉은 청중에게 고개를 돌려 질문을 드렸지요.

"주말에 뭐 하세요?"

TV 보면서 빈둥거린다고 하시길래 도발적인 질문을 드렸어요.

"돈을 얼마나 드리면 등산을 하실까요? 옆자리 분처럼 1년에 서른 번 등산하는 겁니다."

그분이 껄껄 웃으시더니 천만 원 주면 등산을 하겠답니다. 등산 한 번에 30여만 원 받는 셈이지요. 이 상황을 경제적 관점에서 해석해 볼까요? 단순하게 생각하면 평소에 등산하는 사람이 그렇지 않은 사람보다 천만 원어치 동기부여가 되어 있는 겁니다. 연봉 천만 원 올리는 게 얼마나 힘든지 생각해 보세요. 그에 비하면 등산은 정말 쉬운 일 아닌가요?

단순하게 생각하면, 담배를 끊고, 주 2회 운동하고, 매주 가족과 외식하는 건강한 습관은 천만 원 이상 연봉을 올리는 효과가 있다고 말할 수 있지요. 저는 이보다 더 빨리 연봉을 올리는 방법을 알지 못합니다. 그래서 저는 결심했어요.

'건강한 습관을 갖자. 세 아들에게도 건강한 습관을 가르치자.'

습관의 작동 원리

우리는 흔히 무의식중에 하는 반복 행동을 습관이라고 부릅니다. 하지만 그건 습관의 일부일 뿐이지요. 찰스 두히그(Charles Duhigg)는 자신의 책 『습관의 힘』에서 습관이 '신호 – 반복 행동 – 보상'으로 이루어졌다고 말합니다.

'신호'는 반복 행동을 촉발하는 요소인데, 특정한 시간, 장소, 상황 등이 신호 역할을 합니다. '반복 행동'은 우리가 자동적으로 하는 행위를 말하고, '보상'은 그 행동을 통해 얻는 기쁨, 효과 등을 말하지요. 저는 점심 식사 후에 곧잘 지루함을 느끼고 그래서 자주 자리에서 일어나 커피를 마시러 갑니다. 가끔은 졸음이 몰려오는데 커피를 마시는 바람에 낮잠을 자지도 못하고 정신도 맑지 않은 좀비 상태로 오후를 날리기도 하지요.

우리가 나쁜 습관을 버리려고 하면서도 늘 실패하는 이유는 반복 행동만 바꾸려 하기 때문이지요. 신호나 보상을 없애 버리면 반복 행동이 없어질 수도 있는데 말이지요. 반대로 좋은 습관을 만들려고 하면서도 실패하는 이유는 반복 행동을 유발할 신호가 없거나 보상이 미약하기 때문이랍니다. '신호 – 반복 행동 – 보상'

의 관점에서 사례들을 살펴보고 활용법을 배워 보시는 건 어떨까요.

손흥민은 왜 리프팅을 6년이나 연습했을까?

2018 러시아 월드컵에서 손흥민 선수의 활약이 대단했습니다. 손흥민 대신 군입대를 하겠다는 열혈 팬들도 있었죠. 저는 그 정도는 아닌데… 고1 나이에 독일로 유학 가서 2년 만에 독일 프로 축구 팀에 데뷔한 축구신동 손흥민. 알고 보니 손흥민은 학교 축구부가 아닌 아버지에게서 축구를 배웠더군요. 이것도 홈스쿨링이라고 해야 할까요?

전직 축구선수인 아버지 손웅정 씨는 아들 손흥민을 엄하게 가르쳤습니다. 공을 바닥에 떨어뜨리지 않고 계속해서 차는 리프팅이 완성되기 전에는 경기에 출전시키지도 않았고요. 그래서 손흥민은 첫 경기를 하기 전에 무려 6년간 리프팅 연습을 했다고 합니다. 6년이라… 그 아버지, 독하시네요.

우리 모두 어떤 분야에서든 기본이 중요하다고 말합니다. 운동 코치들은 기초체력과 기초훈련을 강조하지요. 작가들은 지망생에게 글을 쓰기 전에 많이 읽으라고 권합니다. 하지만 조급한 학부모들은 천천히 기본을 다지는 방식을 싫어합니다. 당장 성적이 나와야 하니까 학원과 과외를 선호하지요. 단지 소수의 용감한 사람들만이 느리더라도 확실하게 기본을 다집니다. 손웅정 씨 같은 사람들 말이지요.

손흥민 선수의 사례는 자녀교육으로 고민하는 학부모들에게 시사하는 바가 큽니다. 단기간에 성적을 올리려면 속성 과외를 시키면 되겠지요. 장기적인 성장을 추구하면 기초를 탄탄히 다져야 하고요. 손웅정 씨는 교육을 대나무에 비유하더군요. 대나무는 땅 위로 솟아오르기 전에 5년간 조용히 땅속에서 뿌리를 내린답니다. 그리고 일단 뿌리가 확실히 자리를 잡으면 땅 위로 줄기가 솟아나는데 하루에 50센티미터씩 자란다고 하네요.

습관이 몸에 완전히 밸 때까지 반복하는 건 고달프지만, 그 열매는 달달합니다. 제가 세 아들에게 습관 교육을 강조하는 이유입니다.

오타니 쇼헤이가 운을 만들어 내는 방법

메이저리그 선수 오타니 쇼헤이는 전형적인 '만찢남'입니다. 만화를 찢고 나온 남자처럼 모든 게 완벽하지요. 193센티미터 장신에 훈남 외모까지 갖춘 1994년생 오타니는 일본 리그에서 투수와 타자를 병행하면서 주목을 받다가 지금은 미국 LA에인절스에서 활약하고 있지요.

고교 1학년 때 오타니는 인생의 목표를 정하고 이를 달성할 계획표를 만들었죠. 인터넷에서 '오타니 쇼헤이 만다라트'를 검색하면 누구라도 쉽게 볼 수 있어요. 그중 흥미로운 목표가 하나 있습니다. '운'입니다. 행운을 만드는 걸 목표로 삼다니, 그게 말이 될까요? 구체적인 실천 사항은 이렇습니다. 인사하기, 쓰레기 줍기, 야구부실 청소하기, 심판 존중하기 등. 이런다고 행운이 찾아올까요?

직장에서 관리자 생활을 해본 사람은 알 겁니다. 오타니가 얼마나 현명한 사람인지를. 인사 잘하고 청소 잘하면 정말로 행운이 찾아옵니다. 이렇게 생각해 보세요. 영어학원에서 3년 공부하는 것과 미국에서 6개월 근무하는 것 중 어느 쪽의 학습 효과가

몸관리	영양제 먹기	FSQ 90kg	인스텝 개선	몸통 강화	축 흔들지 않기	각도를 만든다	위에서부터 공을 던진다	손목 강화
유연성	몸 만들기	RSQ 130kg	릴리즈 포인트 안정	제구	불안정 없애기	힘 모으기	구위	하반신 주도
스태미나	가동역	식사 저녁7숟갈 아침3숟갈	하체 강화	몸을 열지 않기	멘탈을 컨트롤	볼을 앞에서 릴리즈	회전수 증가	가동역
뚜렷한 목표·목적	일희일비 하지 않기	머리는 차갑게 심장은 뜨겁게	몸 만들기	제구	구위	축을 돌리기	하체 강화	체중 증가
핀치에 강하게	멘탈	분위기에 휩쓸리지 않기	멘탈	8구단 드래프트 1순위	스피드 160km/h	몸통 강화	스피드 160km/h	어깨주변 강화
마음의 파도를 안 만들기	승리에 대한 집념	동료를 배려하는 마음	인간성	운	변화구	가동역	라이너 캐치볼	피칭 늘리기
감성	사랑받는 사람	계획성	인사하기	쓰레기 줍기	부실 청소	카운트볼 늘리기	포크볼 완성	슬라이더 구위
배려	인간성	감사	물건을 소중히 쓰자	운	심판을 대하는 태도	늦게 낙차가 있는 커브	변화구	좌타자 결정구
예의	신뢰받는 사람	지속력	긍정적 사고	응원받는 사람	책읽기	직구와 같은 폼으로 던지기	스트라이크 에서 볼을 던지는 제구	거리를 상상하기

클까요? 당연히 답은 해외 근무지요. 해외 근무 기회는 누가 줄까요? 상사입니다. 상사는 어떤 직원에게 기회를 줄까요? 태도가 바른 직원입니다. 능력은 뛰어나도 태도가 불량한 직원에게는 상사가 기회를 주지 않지요. 결국 태도가 행운을 부른다는 말입니다.

열일곱 살 오타니는 누구에게서 이런 지혜를 배웠을까요? 당연히 부모일 겁니다. 사회인 야구를 했던 아버지와 배드민턴 선수였던 어머니가 아들에게 이야기를 했겠지요. '행운은 감사할 줄 아는 사람을 찾아온단다. 이기적인 사람에게는 누구도 복을 빌어 주지 않는 거야'라고 말이죠. "인사만 잘해도 먹고는 산다"는 말, 저는 정말 믿습니다.

우리 가정도 아이들에게 바른 태도를 강조합니다. 할아버지, 할머니를 만나면 일어나서 인사하고 꼭 안아 드리라고 합니다. 엘리베이터에서 이웃을 만나면 '안녕하세요'라고 소리 내어 인사를 하도록 시키지요. 주일 예배에 참석하면 어르신들을 찾아가 인사를 드리게 합니다. 그러면 어르신들은 손을 잡아 주시고 가끔 기도도 해주시지요.

저는 압니다. 우리 아이들의 인생에 행운이 찾아올 것을요. 제 삶에도 그렇게 행운이 찾아왔으니까요. 글로벌 기업에서 일하는 동안 저는 상사에게 꼬박꼬박 인사를 드렸습니다. 여행을 다녀오면 작은 기념품과 엽서를 드리기도 했지요. 그렇지 않고서야 경영학을 전혀 배운 적 없는 제가 무슨 재주로 리더십 컨설팅을 총괄하고, 그 많은 해외 출장 기회를 얻을 수 있었을까요. 오늘도 우리 집 세 아들은 인사를 합니다. 그리고 인사를 받은 누군가가 훗날 세 아들에게 행운을 가져다주겠지요. 저는 그걸 믿습니다.

물건 정리 습관이 논리적 사고의 시작

저는 아이들에게 주변을 정리하는 습관을 키우라고 가르칩니다. '지금 당장 정리해'라는 말은 가급적 하지 않으면서요. 제가 시켜서 정리를 하는 대신 스스로 정리하는 습관을 갖도록 유도하는 거지요. 제가 정리 습관을 강조하는 데에는 이유가 있습니다. 보이는 물건을 효율적으로 정리할 줄 아는 사람은 눈에 보이지 않는 머릿속 생각도 정리할 수 있기 때문이지요.

논리정연하게 생각하는 능력이 중요하다는 건 쉽게 공감하실 겁니다. 그런데 정작 그런 능력을 갖춘 사람은 많지 않아 보여요. 머릿속 생각이 눈에 보이지 않기 때문에 생각이 정리되어 있다고 착각하기 때문이지요. 생각이 정돈되어 있는지 여부는 그 사람의 말을 들어 보면 압니다. 중언부언하는 사람들은 십중팔구 생각이 정리되지 않는 사람들이죠. 만약 말을 듣고도 생각이 정리되었는지 알기 힘들다면 그 사람의 글을 읽어 보면 압니다. 다음은 『공부머리 독서법』을 읽고서 현민이가 쓴 서평의 일부입니다. 무엇이 이상한지 찾아보세요.

첫 번째 문제에 대해 얘기하기 전에 먼저 아이들의 뇌를 살펴 보자. 아이들의 뇌는 3살 무렵에 완전히 성장하지만 유일하게 공부 능력만이 7살에 완성된다. 즉, 아이들은 7살이 되기 전에 공부를 시작하면 오히려 해가 된다는 것이다.

실제 예로 교육 선진국인 폴란드는 아이들에게 조기 교육을 금 지한다. 대신에 부모님이 아이들에게 책을 읽어 주면서 아이들 을 독서광이 되도록 인도한다. 그러면서 아이들은 책을 통해서 뛰어난 인재가 될 준비를 하게 된다.

그러나 아이러니하게도 폴란드 아이들은 좋은 학교에 갈 가능 성이 매우 높다고 한다. 하지만 한국 아이들은 폴란드 아이들 과 달리 책을 읽지 않고 열심히 공부한다. 그 결과, 한국의 아 이들은 책을 읽을 틈도 없을뿐더러 너무 빨리 공부를 시작하 니 마치 모래 위에 지은 집같이 된 것이다.

먼저, 비문이 보입니다. 비문이란 문장이 되지 않는 글을 말하 지요. 사실 여부를 떠나 주어와 술어가 어울리지 않는 문장은 일 단 글쓴이의 생각이 정리되어 있지 않다는 걸 보여주지요. 두 번 째 문단 속 한 문장, '대신에 부모님이 아이들에게 책을 읽어 주면 서 아이들을 독서광이 되도록 인도한다'를 보겠습니다. 주어 '부모님'이 술어 '인도한다'와 호응합니다. 그런데 '독서광이 되도록'에 맞는 주어가 없어요. 그 앞에 '아이들이'를 '아이들을'로 잘못 썼기 때문입니다.

글 안에는 잘못된 정보도 있습니다. 책은 우수한 교육의 사례로 핀란드를 언급했는데, 아이는 그걸 폴란드로 적었지요. 대충 읽고 기억한 결과였습니다. 이 또한 머릿속에서 정보가 정리되지 않았음을 보여주는 증거지요.

또 다른 오류도 보입니다. '아이들의 뇌는 3살 무렵에 완전히 성장하지만 유일하게 공부 능력만이 7살에 완성된다'를 보지요. 이 문장이 사실이려면 뇌라는 기관은 3살에 완성되지만, 뇌의 기능은 7살에 완성된다는 말이 됩니다. 하지만 책 내용은 뇌의 일부인 전두엽이 7살에 완성된다는 것이에요.

이 밖에도 독서광으로 자란 폴란드(핀란드) 아이들이 좋은 학교에 가는 게 아이러니라는 논리적 오류도 담겨 있습니다. 폴란드(핀란드) 아이들 중 일부가 좋은 학교에 가는 건지, 아이들 모두가 뛰어나기 때문에 자국 내 학교는 물론 해외의 좋은 학교에 가는 건지도 알 수가 없습니다. 모든 아이가 뛰어나다면 일부는 경쟁에 밀려 좋은 학교에 들어갈 수는 없는 일이니까요. 위 문장이 참이려면 해외의 좋은 학교까지 휩쓸어야 논리적으로 맞겠지요.

자, 이제 제 의도를 이해하시겠죠? 아이들이 장난감과 학습 도구를 정리하는 습관은 하찮아 보이지만 결국엔 그것이 논리적인 사고능력으로 이어질 수 있기 때문에 어릴 때부터 훈련을 해야 한다는 말입니다.

기록이 기억을 지배한다

　기록이 기억을 지배합니다. 기억은 사람의 정체성을 정의하고
요. 그래서 저는 중요한 사실을 기록하고 기억하는 습관을 강조합
니다. 만사를 모두 기록하라는 게 아닌 거지요. 경영컨설턴트 아
이비 리(Ivy Lee)의 이야기를 해드리지요. 1930년대 베들레헴 철강
회사를 이끌던 찰스 슈왑(Charles Schwab) 회장은 업무 생산성을 높
이기 위해 아이비 리에게 도움을 청합니다. 아이비 리는 다음과
같이 메모를 시작하라고 권했지요.

　1. 매일 오후 다음 날 할 일을 쓰고 중요도 번호를 매긴다.
　2. 매일 아침 1번 일부터 시작하는데, 1번 일이 끝나기 전에는 2
번과 3번 일을 하지 않는다.
　3. 그날 중에 끝내지 못한 일은 다음 날 계획에 반영한다.

　지극히 간단해 보이는 이 조언의 가치는 얼마일까요? 슈왑 회장
은 이 방법을 업무에 적용한 후 2만 5천 달러짜리 수표를 보냈다
고 합니다. 지금 돈으로 치면 수백만 달러에 해당하는 돈이겠지요.

손으로 쓰는 메모는 머리 바깥에 있는 뇌라고 할 수 있습니다. 컴퓨터로 치면 외장하드에 해당하지요. 뇌 용량을 키워서 효율을 높이고 싶은가요? 그렇다면 메모를 하는 게 답입니다. 저는 세 아들에게 이걸 가르치기 위해 집에서도 곳곳에 메모지와 펜을 두고 삽니다. 아이들이 보고 배우기를 기대하면서요.

내일 아침 일정은 오늘 밤에 시작한다

주말 아침에 어영부영하다가 어느새 정오가 되어서 당황했던 경험이 있나요? 학교에 가지 않는 세 아들에게는 주중에도 이런 일이 자주 생깁니다. 그래서 저는 세 아들에게 침대 곁에 다음 날 입을 옷이나 사용할 물건을 꺼내 놓고 자라고 가르칩니다. 예를 들어, 아침 운동에 필요한 옷과 양말을 준비하라는 식이지요. 그러면 아침에 일어나 우왕좌왕하지 않고 바로 일정을 시작할 수 있으니까요. 운동할 사람은 운동복을, 책 읽을 사람은 책을 꺼내놓고 잠자리에 들어 보세요. 바로 다음 날 아침부터 효과를 봅니다.

이런 경험 때문에 저는 유대인들이 하루의 시작을 해질녘으로 정한 것이 매우 현명하다고 생각합니다. 잠자리에 드는 시간이 하루의 끝이 아니기 때문에 그들은 마치 긴 낮잠을 자듯이 생각의 끈을 유지한 채 침대에 들어가는 거지요. 많은 글로벌 기업들이 9월 말에 회계연도 마감을 하는 것도 같은 효과를 냅니다. 회계연도 끝이라고 말하면서도 여전히 긴장 상태를 유지한 채 다음 해를 준비할 수 있으니까요.

습관 관리, 아빠도 예외가 아니다

습관을 개발해야 하는 것은 아이들만이 아니지요. 저도 해당됩니다. 그래서 제가 개발하고 있는 습관을 소개하겠습니다. 세 아들을 키우면서 저는 아들의 청각기관은 귀가 아니라 눈이라는 걸 깨달았습니다. 귀에다가 말해 봐야 소용이 없고 눈에다 이야기해야 알아듣는다는 거지요. 현민이가 두 살쯤이었을 때 일입니다. 아이가 말을 할 줄 아는지, 말을 알아듣는지 궁금했어요. 그래서 실험을 해봤습니다.

"현민아, 밥 먹자."

몇 번을 불러도 아이는 돌아보지 않더군요.

"현민아, 아이스크림 먹자."

현민이는 번개처럼 일어나 달려왔습니다. 너 이 녀석, 딱 걸렸어!

현민이만 이런 게 아닙니다. 세 아들 모두 정도의 차이만 있을 뿐 자기중심적이더군요. 관심 없는 내용에는 고개도 돌리질 않아요. 그래서 두 손으로 아들 귀를 붙잡고 눈에다 말하기 시작했지요. 아들의 귀는 창조주가 얼굴에 붙여 놓은 손잡이인 게 분명합니다. 제가 17년간 아들 키우면서 발굴한 습관입니다. 한번 사용해 보세요. 잘 통할 겁니다.

마트에서 한 아빠가 아이와 쇼핑을 합니다. 카트에 올라탄 아이가 칭얼대도 아빠는 평온해 보입니다.

"용성아, 조금만 기다려. 금방 끝나. 우유랑 식빵, 수박만 사면 우린 집에 갈 수 있어."

아빠의 말투가 어찌나 차분한지 주변의 손님들이 감탄합니다. 아빠와 아이가 계산대 앞에 섰을 때에 옆에 있던 부인이 말을 걸어옵니다.

"어머, 어쩌면 그렇게 아빠가 침착하세요? 아이가 칭얼거리는데 화도 내지 않고 대단하시네요. 아이 이름이 용성인가 봐요?"

아빠가 대답합니다.

"아닙니다. 용성이는 저예요."

세 아들 때문에 화가 나면 저는 이렇게 자문합니다. '과연 나는 이 사건을 다음 주에도 기억할까?' 만약 그 대답이 '아니오'라면 저는 이렇게 결정하지요. '남의 일이라고 생각하자. 잊어버리자.' 그러면 그냥 넘어가게 됩니다. 저는 아들을 바꿀 수 없습니다. 제가 바꿀 수 있는 건 저 자신이지요.

나쁜 습관이 선한 의지를 이긴다

앞서 좋은 습관 몇 가지를 소개했습니다. 이제 나쁜 습관에 대해 이야기하지요. 선한 의지가 나쁜 습관을 이길까요? 아니면 나쁜 습관이 선한 의지를 이길까요? 저는 습관이 의지를 이긴다고 생각합니다. 그래서 좋은 습관을 만들기 위해 신경 쓰는 것 이상으로 나쁜 습관을 없애는 데에도 공을 들입니다. 이와 관련된 이야기를 소개하지요.

범죄학자 조지 켈링(George Kelling)과 정치학자 제임스 윌슨(James Wilson)은 1982년에 '깨진 유리창'이라는 흥미로운 이론을 발표했습니다. 어떤 상점에 유리창 하나가 깨진 것을 그대로 방치하면 사람들은 상점 주인이 그 가게에 대해 별로 신경을 쓰지 않는다고 생각하고, 그 결과 모든 유리창이 깨지는 상황이 벌어질 수도 있다는 이론이지요.

'깨진 유리창 이론'의 시사점은 명백합니다. 사소한 무질서를 방치하면 큰 문제로 이어지니, 나쁜 행동의 싹을 잘라 문제를 예방하라는 것. 뉴욕시는 지하철 범죄 소탕에 이 이론을 적용했죠. 1980년대의 뉴욕 지하철은 강간, 강도, 살인 등 각종 강력범죄의

온상이었습니다. 여행 가이드들이 심각하게 경고했을 정도였지요.

"지하철은 너무 위험하니 이용하지 마십시오. 목숨을 보장할 수 없습니다."

신임 지하철 소장 데이비드 건(David Gunn)은 강력범죄를 잡는 대신 '낙서와의 전쟁'을 선포했습니다.

1. 지하철 차량의 낙서를 반드시 지우고,

2. 낙서가 있는 차량은 운행하지 않는다.

지하철 경찰서장 윌리엄 브래턴(William Bratton)은 무임승차 등 경범죄가 강력범죄를 발생시킨다면서 무임승차자를 잡아내기 시작했습니다. 심지어 승객을 검문하고 시내버스를 개량해 무임승차자들을 임시구금하기도 했지요. 실제로 무임승차자 다수가 무기를 소지했거나 수배자여서 강력범죄 예방에 도움이 됐습니다. 이처럼 지하철의 낙서를 지우는 데에 무려 5년의 시간이 걸렸습니다.

그 결과 1990년대에 뉴욕시 범죄율은 절반 이하로 줄었고, 관광객이 즐겨 찾는 도시로 변모했지요. 이후 뉴욕시는 건물 단위가 아닌 거리 단위로 환경개선 작업을 시도해서 슬럼가도 개선했어요.

선한 의지만으로는 나쁜 습관을 이기기 힘들죠. 나쁜 습관이 계획을 망치고 좌절감을 줍니다. 그러니 나쁜 습관을 차단합시다. 부모가 시작하면 자녀들은 따를 겁니다.

나쁜 습관은 전염된다

십여 년 전에 외국계 담배 회사에 강의를 하러 갔다가 흥미로운 이야기를 들었습니다. 제가 먼저 마케팅 담당자에게 질문을 했지요.

"담배 회사가 청소년 금연 캠페인을 하는 것을 어떻게 이해해야 하나요? 담배 회사의 금연 캠페인, 진심인가요?"

저의 도발적인 질문에 그는 진심을 담아 답해 주었습니다.

"저희는 정말로 청소년 흡연에 반대합니다."

이어서 업계 사람들만 아는 비밀을 제게 알려 주더군요.

"그런데 청소년 금연 캠페인을 한다고 해서 저희 비즈니스가 크게 영향을 받지는 않습니다. 저희 연구에 따르면 청소년 흡연을 유도하는 가장 큰 요소는 주변 어른의 흡연, 그중에서도 특히 아버지의 흡연입니다. 주변 어른들이 동시에 금연을 하지 않는다면 아이들은 흡연을 시작할 가능성이 큽니다. 그러니 청소년 금연 캠페인을 한다고 해도 저희 비즈니스가 흔들리지는 않는다는 것이지요."

섬뜩했습니다. 담배를 피우는 게 멋있다고 생각하는 청소년들이 많지요. 장난스럽게 어른 흉내를 내면서 담배를 시작합니다. 하지만 일단 니코틴에 중독되면 담배 끊기가 정말 어렵지요. 흡연하는 청소년들은 금연을 권하는 말을 싸우자는 말로 듣습니다. 사실 그들의 진짜 적은 담배 회사인데도 말이지요.

해법은 바로 그 마케팅 담당자의 말에 들어 있습니다. 어른들이 금연을 하는 거예요. '나는 피워도 되지만, 너는 안 된다'라거나 '나는 이미 습관이 되어서 어쩔 수 없으니 너라도 시작하지 말아라' 따위의 말은 공허합니다. 차라리 동해안에 가서 파도를 향해 멈추라고 외치세요. 아무 소용없습니다. 만고의 진리를 하나 알려드릴까요? 부모가 변하지 않으면 자식도 변하지 않습니다.

건강한 습관에 중독되자

담배에 호기심을 갖기 시작한 청소년과 깊게 대화를 나눈 적이 있어요. 아이는 제게 담배 피우는 걸 어떻게 생각해야 하는지 묻더군요. 대답을 하기 전에 먼저 아이에게 물어보았습니다.

"담배에 대해 너는 어떻게 생각하니?"

"담배 피우는 애들 말로는 기분이 붕 뜬다고 하던데요."

"그런 느낌이 들긴 하지. 나도 군대에 있을 때 잠깐 담배를 피운 적이 있었어. 그런데 지금은 전혀 생각이 없어. 내가 왜 술이나 담배에 관심이 없는지 얘기해 줄게."

그리고 술과 담배를 비롯한 중독 물질에 대해 설명해 주었습니다. 대체로 어른들은 설명 없이 청소년들에게 술과 담배를 금지하지요. 그건 현명한 방법이 아닙니다. 술, 담배에 호기심을 느끼는 청소년에게 '무조건 금지' 식으로 답하는 건 대화를 끊자는 것과 다르지 않거든요.

"향정신성 물질이라는 말 들어봤지? 뇌에 직접적으로 영향을 주는 물질이라는 뜻이야. 이 물질들은 우리 몸에서 만들어지는 호르몬과 비슷해서 우리 뇌를 속이고 뇌를 직접 자극해. 이 자극은 종종 자극적이고 불쾌한 느낌을 주지. 그런데 그 불쾌한 느낌을 억지로 참고서 몇 번 반복하면 우리 뇌는 곧 이런 생각을 하게 돼. '지난번 그 느낌 특이했어. 또 하고 싶다.' 그러면 중독이 시작되는 거야."

아이는 제 이야기에 관심을 보이더군요. 저는 목소리에 약간의 드라마 톤을 넣어서 이야기를 계속했습니다.

"모기에 물린 자국을 긁으면 어때? 잠시 시원하다가 곧 다시 가렵지? 중독이란 그런 거야. 담배를 피우면 머리가 맑아진다고들 하지? 가려운 데 긁었으니 시원할 수밖에. 그런데 담배를 안 피우는 사람들은 항상 머리가 맑아. 담배 때문에 머리가 더 맑아지는 게 아니라는 말이지. 한마디로 중독이란 일부러 모기에 물리는 것처럼 바보짓이야."

지금 생각해 보니 중독을 모기 물리는 것에 비유하는 건 좀 우스꽝스럽네요. 하지만 일단 아이가 담배에 관심을 덜 가지도록 하는 데에는 성공했습니다. 아이의 표정을 보고 저는 말을 이어갔습니다.

"나는 술, 담배는 몸에 해로우니 '무조건 금지', 이렇게 말하지 않아. 그렇다면 과식도 금지해야지. 반대로 생각해 봐. 왜 모든 걸 금지해야만 할까? 적극적으로 중독이 되면 어떨까?"

적극적으로 중독이 되라는 말이 놀라왔던지 아이는 자세를 고쳐 앉더군요. 말을 이어가면서 저도 놀라기 시작했어요. '내가 지금 무슨 소리를 하고 있지?'

"술, 담배 중독을 피하면 그것으로 끝일까? 아니야. 다른 중독이 생겨. 커피 중독, 탄수화물 중독, 도박 중독, 섹스 중독, 쇼핑 중독…. 사람이 무언가에 중독되는 건 그게 즐거움을 주기 때문이야. 우리가 중독을 예방하기 위해 모든 즐거움을 피할 수 있을까? 그건 지는 게임이야. 사람은 누구나 만족감을 원해. 그러니 정도의 차이가 있을 뿐 우리는 모두 무언가에 중독이 되는 거야. 아무런 중독도 없다면 그 삶은 얼마나 지루하겠니?"

이야기는 흥미진진하게 흘러갔습니다.

"해법은 뭘까? 답은 건강한 중독을 찾는 거야. 이를테면 아침에 스트레칭 안 하면 온종일 몸이 찌뿌듯한 느낌 알지? 그건 아침 운동이라는 건강한 중독에 걸렸다는 뜻이야. 건강한 중독의 다른 이름은 습관이지. 운동 습관, 독서 습관, 명상, 기도, 묵상 등 건강한 습관들이 얼마나 많니? 인생에서 우리는 선택을 해야 해. 건강한 습관과 파괴적 중독 중에 무엇으로 우리 삶을 채울지 말이야. 일상을 건강한 습관으로 채우면 삶은 훨씬 건설적이고 만족스럽겠지. 그리고 파괴적인 중독이 껴들 자리가 자연스레 줄어들

거야. 나는 너한테 '술이나 담배는 절대 안 돼!'라고 말하는 게 아니야. 다만 무작정 친구들 따라하지 말고 스스로 진지하게 생각하고 결정하라는 거야."

그 아이는 결국 흡연을 시작하지 않았습니다. 다행이네요. 건강한 중독이라는 말이 먹혀들어 갔나 봅니다.

스마트폰 사면 폰만 스마트해진다

요즘 청소년들에게 문제를 많이 일으키는 습관은 스마트폰 중독일 겁니다. 횡단보도를 건너는 스마트폰 좀비를 보고 있노라면 섬뜩합니다. 저러다 큰 사고라도 나면 어쩌려고….

상황은 심각합니다. 초·중·고생들이 스마트폰을 하루 평균 몇 시간 사용할까요? 2016년에 나온 연세대학교 바른ICT연구소의 조사에 따르면 청소년들은 매일 5시간씩 스마트폰을 사용합니다. 주당 36~40시간, 대략 어른들 근무 시간만큼 스마트폰을 보고 있는 겁니다. 정말 심하죠?

스마트폰에 익숙해질수록 우리 자녀들은 점점 더 수동적으로 변해 가는 듯합니다. 그만큼 자발성이나 창의성은 줄어들고요. 4차 산업혁명 시대에는 창의성이 중요하다고 말하면서 정작 우리 삶은 반대로 가고 있는 거지요. 아, 인간의 어리석음이여.

비유하자면 스마트폰은 날이 예리한 칼과 같습니다. 예술가의 손에 들어간 칼은 조각품을 만들지만, 칼 다루는 데 미숙한 아이 손에 들어간 칼은 상처를 남기지요. 스마트폰이 딱 이래요. 스마트폰을 쓰면 '스마트'해진다고요? 폰만 스마트해집니다. 다음 질문에 답해 보세요. 여러분이 외우는 전화번호는 몇 개인가요? 내비게이션 없이 얼마나 자유롭게 운전하시나요? 이제 아시겠지요? 스마트폰을 사면 폰은 스마트해지고 사람은 멍청해진답니다.

스마트폰으로 인한 피해는 아이가 어릴수록 심각합니다. 스마트폰이 아이들 뇌를 어떻게 바꾸는지 알고 싶으면 아이들을 관찰해 보세요. 신기한 걸 발견할 수 있어요. 두 살 이전 아이들은 부모가 틀어 준 동영상을 끝까지 봐요. 하지만 세 살만 되어도 아이들은 동영상을 끝까지 보지 않고 넘겨요. 재미없어서 그런 게 아닙니다. 그냥 습관적으로 1~2분 단위로 영상을 바꾸지요. 이렇게 수년이 흐르면 아이들이 집중력을 유지할 수 있는 시간은 1분 수준으로 줄어들어요.

진화심리학자들은 우리 두뇌가 진화 과정에서 새로운 정보에 반응하도록 진화했다고 말합니다. 언제라도 나타날 수 있는 천적에 대비하는 과정에서 두뇌가 특정한 방향으로 진화했다는 거지요. 그 결과 인류는 짧은 집중력을 가진 뇌를 가지고 태어납니다. 그런 뇌에게 손가락만 대면 화면이 바뀌는 스마트폰을 준다? 그러면 아이들은 1분마다 화면을 바꾸면서 계속 화면을 쳐다보게 됩니다.

집중력이 부족한 아이는 어떤 과목을 제일 어렵게 여길까요?

답은 수학입니다. 논리적 사고를 유지하면서 끈기 있게 문제를 풀어 가는 능력이 자라지 않기 때문입니다. 요즘 아이들 중에 수포자(수학 포기한 사람)가 많은 이유, 이제 아시겠지요? 그래서 어린 자녀에게 폰을 사주는 것은 제 발등을 찍는 어리석은 행동이랍니다.

자녀가 자라면서 스마트폰이 사교육과 짝을 이루면 문제는 훨씬 심각해지지요. 헬리콥터맘의 보호와 감시 속에서 이미 자발성을 잃어버린 아이들은 수업 후에 엄마가 정한 학원으로 갑니다. 당연히 학원 공부가 지루한 아이는 엄마를 상대로 협상을 벌입니다. 학원 시간을 늘리는 대신 쉬는 시간에 머리를 식힐 수 있게 스마트폰을 사달라는 거지요. 반대 논리가 빈약한 엄마는 학원 시간과 스마트폰을 맞교환합니다. 이거야말로 최악의 선택이지요.

학생들은 종종 휴식 시간에 머리를 식힌다면서 게임을 하지만 뇌과학자는 다르게 말합니다. 뇌의 관점에서 보면 수학문제를 푸는 것과 날아오는 총알을 피하는 것은 모두 동일한 정보처리 활동입니다. 정보처리 양이 많으면 두뇌는 빨리 피로해지지요. 자, 이제 아이들의 얼굴을 보세요. 수학문제 앞에서는 그리도 멍하게 보이던 아이들의 눈에서 레이저 광선이 나옵니다. 엄청난 두뇌 에너지를 소모하고 있다는 뜻이지요. 게임이라는 고도의 노동에 혹사당한 아이의 두뇌는 수업 시간에 휴식을 시도합니다. 속된 말로 멍 때리는 거지요.

이런 까닭에 아이들의 학원 시간이 늘어나도 성적은 제자리걸음입니다. 더 나아가 아이들은 더 많이 게임을 하려고 잠을 줄이기 시작합니다. 당연히 수업 중에 졸음이 몰려오고 성적은 더 떨어집니다. 뒤늦게 상황을 간파한 엄마가 아이의 스마트폰을 통제하려는 순간 놀라운 일이 벌어집니다.

평소에 그렇게 친절하고 착했던 아이가 소리를 지르고 스마트폰을 지키기 위해 엄마와 몸싸움을 하지요. 괴물이 되어 버린 아이를 발견한 엄마는 충격에 빠져 아빠의 도움을 요청합니다. 평소에 자녀교육에 무심했던 아빠가 나타나 아이에게 호통을 치면서 힘으로 스마트폰을 빼앗습니다. 그때 아이는 결정하지요. '이 집에는 자유가 없다. 얼른 돈 벌어서 가출하자.'

과장된 이야기라고 생각하신다면 중고생 자녀를 둔 부모들에게 물어보세요. 제가 소설을 쓰고 있는 건지 사실을 이야기하는지. 드라마 〈스카이캐슬〉을 보고 사람들이 말했습니다. 설마 저 정도일까? 대치동 엄마들, 학원 원장들, 진학지도 컨설턴트들이 대답했습니다. 현실과 크게 다르지 않다고. 제 이야기도 그렇습니다.

일단 자녀 손에 폰을 쥐어 주면 상황을 돌이킬 수 없습니다. 식당에서 부모가 아이들 손에 스마트폰을 쥐어 주고 밥을 먹이는 모습을 보면 제 가슴이 철렁 내려앉아요. 잠시 편하자고 쉬운 방법을 선택하면 5년 후에 악마를 만나게 됩니다. 제발 어린아이에게 스마트폰을 주지 마세요.

해법이요? 스마트폰 구매를 최대한 미루는 게 답입니다. 세 아들은 저와 함께 스마트폰 중독의 위험성을 다룬 다큐멘터리를 수차례 보았어요. 그리고 세 아들은 열여덟 살이 되면 직접 돈을 모아 스마트폰을 사기로 저와 합의를 했습니다. 엄밀히 말하자면, 합의가 아니라 반강제 협정이지요. 큰아들 현민이는 2020년 11월에 만 18세가 됩니다. 그러면 스마트폰을 사겠지요. 당연히 제가 사줄 일은 없습니다. 저는 타협하지 않습니다.

스마트폰을 이길 수 있는 콘텐츠를 개발하는 게 해답

스마트폰 얘기를 좀 더 해볼까요? 청소년들의 스마트폰 중독은 우리가 쉽게 생각하는 것 이상으로 매우 심각합니다. 스마트폰을 빼앗을까요? 스마트폰을 세상에서 아예 없앨까요? 학부모 대상으로 경험을 나누며 상담을 하는 과정에서, 저는 많은 부모들이 문제의 본질을 모르고 있다는 걸 깨달았습니다. 단호히 말하건대 문제의 본질은 스마트폰이 아닙니다. 부모가 제시하는 다른 콘텐츠가 스마트폰만큼 재미있지 않다는 게 문제의 본질입니다.

스마트폰으로 아이들의 눈과 귀를 사로잡아 돈을 벌려는 사람들은 죽기 살기로 노력하는데 부모들은 방심하고 있어요. 자녀를 제대로 지도하지 못하고 자녀가 대학만 가면 문제는 저절로 풀릴 거라는 안일한 생각들을 하고 있어요. 사실은 그 스마트폰 때문에 집중력을 잃어버린 청소년일수록 대학에 진학하는 게 더 어려운데도 말이지요.

제가 이야기를 하나 해드릴게요. 베트남전쟁에 참전한 미군의 약 20퍼센트가 헤로인(마약) 중독이었습니다. 미국 사회는 전쟁이 끝난 후 길거리에 마약중독자가 넘쳐날 것을 염려했지요. 다행히 대부분의 군인은 정상으로 돌아왔습니다. 그 비결은 정상적인 환경이었어요. 전쟁터에서 군인은 두려움과 지루함 때문에 술, 담배, 섹스, 마약에 탐닉했습니다. 하지만 가족과 일상이 있는 정상적 환경으로 돌아오면서 더 이상 마약을 찾지 않았지요.

이 발견은 많은 질문에 답을 해줍니다. 예를 들어, 어른들의 스마트폰 중독이 덜한 이유가 뭘까요? 부모들은 청소년기에 아날로그 환경에서 자랐고 성인기에 다채로운 경험을 하고 있습니다. 그래서 스마트폰 중독에 빠질 위험이 상대적으로 적은 거지요. 반면 우리 자녀들의 환경은 어떤가요? 학교 분위기는 경쟁적이고 억압적입니다. 교사도 부모도 '공부 외에는 신경을 끄라'고 다그칩니다. 다채로운 경험을 하지 말라는 말은 자기 발등을 찍는 자충수입니다. 스마트폰과 경쟁할 콘텐츠의 싹을 잘라 버리는 셈이죠. 결국 '마음이 배고플 때는 유일한 위안거리인 스마트폰에 매달리라'고 말하는 것과 다를 바 없어요.

좋은 콘텐츠 환경은 쓰레기 콘텐츠를 밀어냅니다. 미식가는 편의점 삼각김밥 맛에 감탄하지 않습니다. 고품질 콘텐츠에 많이 노출된 사람일수록 저급한 콘텐츠에 대한 저항력이 셉니다. 감사하게도 우리 가정은 고급 콘텐츠를 찾았습니다. 그래서 세 아들이 스마트폰의 유혹을 이겨 내고 있는 겁니다. 그게 무엇인지는 다음

장에 소개하겠습니다.

공부근육 키우기

HOME SCHOOL DADDY

LOVE

내 아이는 내가 졸업한 대학에 가지 못한다

"우리 애는 왜 공부를 못할까? 우리 집만 그런 거니?"

서울대를 졸업한 아빠들의 고민이 뭔지 아세요? 자식이 서울대에 못 가는 겁니다. 생각해 보면 당연한 일인데, 막상 그 사실을 받아들이는 게 힘들다고 해요. 제 경우를 볼까요? 제 아버지는 중학교만 졸업하고 사회생활을 시작했습니다. 가세가 기울자 밥 먹는 입을 줄이겠다며 아버지는 어린 나이에 직업군인 생활을 시작하셨지요.

그렇게 가방끈 짧은 아버지가 키운 저는 서울대학에 들어갔습니다. 중졸 아버지 밑에서 대졸 아들이 나올 수 있다면, 대졸 아버지 밑에서 중졸 아들이 나올 수도 있는 일 아닌가요? 이렇게 생각하는 저를 보시고 어머니는 농담 반 진담 반으로 핀잔을 주십니다.

"나는 너를 서울대까지 공부시켰는데 너는 왜 네 아들 공부 안 시키냐?"

저라고 세 아들의 학업 걱정이 왜 없겠습니까? 하지만 그럴 때면 스스로 다짐하지요.

'욕심내지 말자. 아이가 꿈을 이루고 행복하게 사는 게 중요한 거야. 내 욕심을 아이에게 투사하지 말자.'

저의 세 아들은 대학에 갈 수도, 못 갈 수도, 안 갈 수도 있습니다. 어느 쪽이든 뭐가 문제가 되겠습니까? 중요한 건 아들이 아들의 인생을 사는 거지요. 기대를 내려놓으니 마음이 한결 가볍더라고요. 다음 사실을 받아들이면 일단 마음이 편해집니다. 내 아이는 내가 졸업한 대학에 가지 못할 가능성이 큽니다.

자식 농사의 ROI를 높이는 방법

회사에서 예산을 집행하면 반드시 따져 보는 게 있습니다. 투자 대비효과(ROI, Return on Investment)지요. 그런데 평소에서는 그렇게도 ROI를 따지던 아버지들도 집에 오면 육아에서 손을 뗍니다. 그리고 '어떻게든 되겠지'라는 식으로 아이를 키우지요. 아이 하나 키워서 대학에 보낼 때까지 수억 원이 든다는데 '어떻게든 되겠지' 라니요. 저는 그렇게 못합니다. 들어가는 돈이 얼마인데요.

저는 세 아들 교육의 ROI를 따집니다. 그래서 아이들의 태도, 습관, 공부에 대해서 관심을 가지지요. 아이들과 자주 대화하는 이유도 그 때문이고요. 자, 생각해 보세요. 여러분이 어느 회사의 주식을 샀는데 그 회사의 소식에 무관심할 수 있겠습니까? 주식이 오르는지 내리는지 시시때때로 확인하시잖아요. 돈이 거기에 들어갔으니까요. 자식교육도 마찬가지죠. 주식투자하는 마음으로 아이들을 지켜보세요.

ROI를 높이기 위해 저는 이렇게 합니다. 일하면서 배운 전문 지식을 자식교육에 적용해요. 이를테면 회사에서 배운 리더십 스킬을 세 아들에게 적용합니다. 비싸게 배운 지식을 왜 피 한 방울 섞이지 않은 팀원에게만 적용합니까? 너무 아깝잖아요. 그래서 세 아들에게도 그 지식을 써보는 거지요.

마케팅을 공부하면 그 지식으로 아이들의 마음을 사고, 전략을 공부하면 그 지식으로 아들의 진로를 설계합니다. 영업 스킬로 아들을 설득하고 협상 스킬로 아들과 거래하지요. 직접 해보세요. 의외로 잘 통해요. 세 아들은 제 일생에서 가장 많은 자원이 투자된 프로젝트입니다. 꼭 성공시켜야 합니다. 여러분도 그렇게 생각하지 않으세요?

핀란드에서 키울걸

시험 볼 때 남의 걸 몰래 보고 베끼면 커닝, 남의 보고서를 빌려다가 대놓고 베끼면 벤치마킹이라고 한다지요. 교육 선진국의 노하우를 벤치마킹해 볼까요? 교육 선진국이라고 하면 어떤 나라가 떠오르나요? 제 머릿속에는 유럽의 교육 강국 핀란드와 전 세계를 쥐락펴락하는 유대인이 떠오릅니다.

청소년정책연구원이 2016년 OECD의 국제학업성취도평가(PISA)를 비교한 결과를 보면 부러워서 배가 아플 지경이에요. 핀란드 청소년들의 공부 시간은 한국의 절반에 불과했지만 총점수는 1,568점으로 한국보다 9점 높았답니다. 아~ 짜증나! 우리 아이들은 뭔가요? 바보천치가 아니고서야 어떻게 두 배나 많이 공부하고도 더 낮은 점수를 받을 수가 있지요?

핀란드의 교육 정책 중 우리와 분명하게 차이가 나는 게 있습니다. 법에 의한 조기교육 금지 원칙입니다. 핀란드 유치원은 일체의 문자 교육을 하지 않는 것으로 유명합니다. 아이들은 유치원에 와서 놉니다. 밥 먹고, 낮잠 자고, 또 놉니다. 그 사이사이에 선생님이 책을 읽어 주지요. 하지만 아이에게 책을 읽으라고는 하지 않아요.

여섯 살 이전 아이들에게 글자를 가르치지 않기 때문이지요.

뇌과학 관점에서 보면 이건 현명한 정책입니다. 미국의 신경과학자 폴 맥린(Paul MacLean)에 따르면, 우리 두뇌는 뇌간, 변연계, 신피질의 3층 구조로 이루어져 있어요. 생명체의 생존과 관련된 신체 현상을 관장하는 뇌간이 기본을 이루고, 감정과 면역체계 등을 담당하는 변연계, 이성적 사고를 담당하는 신피질은 각각 다른 속도로 성장합니다. 간단히 말해 여섯 살 이전까지는 변연계가 완성되고 일곱 살에 이르러 신피질이 완성되지요.

변연계만 간신히 완성된 여섯 살 이전 아이의 두뇌에 문자 교육, 학과목 교육을 하면 무슨 일이 벌어질까요? 스트레스 물질이 만들어져 변연계가 서서히 망가지기 시작해요. 경차를 가지고 포뮬러원 경기에 출전한다고 생각해 보세요. 차가 달리기는 하겠지만 머지않아 고장 날 게 뻔하잖아요?

변연계가 망가진 아이들은 초등학교 고학년 즈음에 증상을 보입니다. 가장 흔한 증상은 무기력입니다. 열두어 살 아이들이 주변 상황에는 호기심을 보이지 않고 뭐든지 귀찮아하지요. 매사에 심드렁하고 더 이상 질문도 하질 않아요. 유일한 예외는 스마트폰 게임이고요. 이보다 문제가 더 심각한 아이들은 유사자폐 증상을 보입니다. 선천성자폐와 비슷하게 세상에 대한 관심이 줄고 남들과 대화하는 걸 힘들어합니다. 감정 기복이 크고 화를 내기도 하지요. 어찌 이리 잘 아느냐고요? 큰아들 현민이가 이랬거든요.

유아 시절 현민이는 섬세한 아이였어요. 성격 강한 동생에게 치받혀 마음이 힘들던 차에 조기교육을 시작했어요. 반포에 살았으니 오죽했겠어요. 제가 과잉 조기교육에 반대했기 때문에 유치원, 태권도장, 영어학원이 전부였지만, 그것만으로도 변연계를 망가뜨리기에는 충분했을 테지요. 결국 초등 4학년이 되어 현민이의 유리멘탈이 깨졌어요. 진단 결과는 초기 아스퍼거 증후군. 아스퍼거인은 인지적으로는 평균에 가깝지만 특정한 분야에 비상한 관심을 보이고 사회생활을 어려워하는 증상을 보여요.

저와 아내는 모든 사교육을 중단했습니다. 현민이는 학교를 마치고 돌아오면 잠들 때까지 매일 여섯 시간씩 놀았어요. 주기적으로 놀이치료 선생님과 만나면서 현민이는 마음의 건강을 회복했지만 우리 부부는 그때 결정을 한 거예요. 아이를 학교에 보내면서 사교육 광풍과 맞설 재간은 없으니 자퇴를 시키기로.

이런 경험 때문에 저는 자녀를 영어유치원에 보내는 젊은 부부를 보면 뜯어말리고 싶어요. 초등학교 입학 전 아이들이 한글을 읽고, 덧셈 정도 할 수 있으면 충분합니다. 대신 부모의 사랑을 듬뿍 받고 호기심 따라 갖가지 경험을 하면서 강철멘탈을 갖게 해

주는 게 정말 중요해요. 달리 말하면 행복한 아이로 키우는 게 중요하다는 거지요.

네, 네, 압니다. 한국 사회에서 이렇게 자녀를 키우면 사람들이 의심한다는 거.

"저 집 아이는 친자식이 아닌가 봐. 그렇지 않고서야 어떻게 일곱 살 되도록 아이를 학원에 보내질 않지?"

핀란드의 성공 사례는 말합니다. 아이들을 아이답게 키워야 나중에 공부도 잘한다고요. 실제로 우리 가정은 막내 지민이가 초등학교 입학 6개월 전까지 한글을 가르치지 않았어요. 입학 6개월을 앞두고 어린이 성경책을 세 번 읽어 주자, 아이가 혼자서 한글을 깨치더군요.

사교육은 정말 ROI가 형편없지 않나요? 일곱 살 아이가 3개월만 책을 읽으면 한글을 깨칠 수 있는데, 아이 두뇌를 망가뜨려 가면서 세 살 아이에게 1년에 걸쳐 한글을 가르치다니요. 세 아들을 핀란드에서 키울걸 그랬어요. 그러면 아이들이 좀 더 행복하게 자랐을 텐데…

유대인들은 뭐가 그렇게 남다를까?

홈스쿨링을 시작하면서 우리 부부는 세 아들에게 유대식 교육법을 적용했어요. 『부모라면 유대인처럼』의 저자 세미나에 참석했고, 두 사람이 짝지어 서로 질문하고 토론하는 유대식 탈무드 토론 방법도 배웠지요.

한국 사회는 유대인들에게 참 관심이 많지요. 한국과 이스라엘 사이에 닮은 점도 많고요. 식민지 지배를 경험했고 상시적인 전쟁 위험에 노출되어 있다는 점만으로도 이스라엘과 한국은 비슷하지요. 교육열이 뜨겁고 징병제를 유지한다는 점도 두 나라의 공통점입니다. 차이점도 분명합니다. 한국 사회가 오매불망 염원하는 노벨상을 유대인들은 한 해에도 여러 개 받습니다. 조금 과장한다면, 이스라엘에서 노벨상 수상은 대단한 뉴스거리가 아닙니다.

어떻게 이런 일이 가능할까요? 유대식 교육은 무엇이 남다를까요? 하이테크 기업 CEO 출신으로 이스라엘 교육부 장관을 역임했던 나프탈리 베넷(Naftali Bennett)은 이렇게 답합니다. 이스라엘이 다음 세대를 키워 내는 방식은 크게 세 가지라고. 토론의 전통, 학교 내 단체활동, 징병제 군대. 그중 두 가지는 우리에게도 있습니다. 그렇다면 두 나라 교육의 가장 큰 차이는 '토론의 전통'일 겁니다.

한국을 방문한 이스라엘 영재교육 전문가 헤츠키 아리엘리(Hezki Arieli)는 냉정하게 이 차이를 지적했습니다. 한국의 공교육이 시험에만 맞춰져 있기 때문에 한국 학생들의 창의성이 부족하다고 진단했지요. 그의 지적은 따끔합니다.

"한국 시험은, 누구나 돈 주고 사거나 베낄 수 있는 '정보'를 누가 더 많이 아는지 평가한다."

"아이들이 삶에서 성공하려고 공부하는 게 아니라 시험 잘 치려고 공부한다."

반박하고 싶은데 그럴 수가 없네요. 아리엘리의 마지막 비판은 결국 불편한 진실을 들추어냅니다.

"한국은 미래를 준비해야 할 아이들에게 과거 방식으로 교육하고 있다."

에이, 기분 상하네요. 그러면 아이들 공부는 어떻게 지도하라는 말인가요? 유대인의 자녀교육은 뭐가 그리 남다른 걸까요?

아시아 청소년들이 어릴 적에만 빛이 나는 이유

청소년들의 학업 능력 평가를 비교하면 아시아 국가들이 항상 상위권을 차지합니다. 아시아 학부모들의 교육열이 첫 번째 이유 겠지만, 전문가들은 뜻밖의 이유도 이야기해요. 그것은 바로 젓가락. 포크를 사용하는 서양 아이들에 비해 젓가락을 쓰는 동양 아이들의 두뇌는 일찌감치 발달하지요. 그만큼 두뇌 개발에는 손의 사용이 중요합니다.

캐나다 신경외과 의사 와일더 펜필드(Wilder Penfield)가 만든 뇌 신체지도를 보면 손과 입이 유난히 큽니다. 그만큼 뇌 속에서 두 신체기관이 차지하는 영역이 크다는 뜻이지요. 이 이론에 따르면 어릴 적부터 손을 자주 사용하면 그만큼 뇌도 발달합니다. 뇌 신체지도는 아시아 청소년들의 약진을 설명해 주지요.

그런데 왜 아시아 청소년들은 나이가 들면서 서양 아이들에게 밀리는 걸까요? 서양식 교육의 장점이 젓가락 사용으로 인한 장점을 상쇄하기 때문입니다. 아이들에게 말을 하도록 부추기는 서양식 교육이 아이들에게 듣고 받아 적으라는 동양식 교육을 추월하는 거지요.

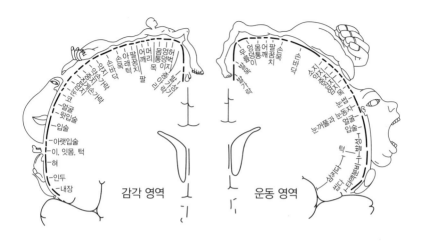

감각 영역　　　　　　　운동 영역

　서양의 명문대학들이 토론식 교육법을 선택하는 이유를 이제 아시겠죠? 하버드 법대는 크리스토퍼 랑델(Christopher Langdell) 학장이 개발한 '케이스 방법론'으로 학생들을 가르칩니다. 케이스 방법론은 실제 재판 사례를 가지고 교수가 학생들 간의 토론을 유도하는 수업 방식을 말해요. 미국 법정에서는 판례가 중요하기 때문에 이 교수법은 법대생들에게 매우 효과적이지요. 이후 케이스 방법론은 하버드를 대표하는 교육 방법으로 자리매김했어요.

　하버드 대학 경영학과도 이 방법을 차용해 케이스 스터디 방법론을 개발했습니다. 학생들은 비즈니스 사례를 분석하고 토론하면서 공부하지요. 학생들이 열띤 토론을 하고 나면 교수가 토론 내용을 정리하면서 경영 이론을 소개하지요. 얼핏 듣기에는 이만큼

편한 교수법이 있나 싶지만, 실상은 일방적인 강의보다 훨씬 공이 많이 드는 교육법입니다. 이때 교수는 중요한 원칙 하나를 꼭 지킵니다. 바로 '하나뿐인 정답이란 없다'는 원칙이지요. 그래서 교수는 사례를 개발할 때부터 논쟁의 여지가 없는 사례는 배제합니다. 토론수업은 정답을 암기하는 수업이 아니기 때문이지요.

그렇다면 우리 아이들을 논술학원이나 토론학원에 보낼까요? 저라면 그렇게 하지 않을 거예요. 대신 아이들과 대화하고 학원비는 아껴서 가족여행 가겠습니다. 실제로 그렇게 했고요.

여기서 팁 하나 알려 드리지요. 자녀의 공부근육을 키우고 싶다면 이렇게 해보세요. 아버지의 의견을 먼저 말하지 말고 질문을 한 후에 기다리는 겁니다. 이때 답이 하나밖에 없는 질문은 권장하지 않습니다. 답이 아닌 의견을 물어서 생각을 자극하는 게 목적이니까요. 자고로 위대한 교사는 하나같이 인상적인 질문과 화두를 던집니다. 우리도 잠시 위대한 교사 흉내라도 내보자고요.

아버지가 알려 주신 질문법

제가 일곱 살이던 해 여름날, 아버지가 아이스크림을 사주셨어요. 땡볕이 내리쬐던 골목길에서 제가 아버지께 질문을 던졌지요.

"아빠, 왜 아이스크림에서 김이 나요?"

"그게 이상하니?"

"이상하죠. 뜨거운 국에서는 김이 나지만 이건 차가운 아이스크림이잖아요."

그때 아버지는 지금까지도 제가 잊지 못하는 귀한 질문을 해주셨어요.

"그러면 국에서는 왜 김이 나는지 아니?"

자칭 과학소년이었던 저는 바로 대답을 시작했어요.

"그거야 쉽지요. 국에서 나온 뜨거운 수증기가 겨울의 차가운 공기를 만나면…."

대답을 하던 중에, 저는 충격을 받고 골목길에 멈추어 섰어요. 답을 알아낸 거지요! 아이스크림 주변의 찬 공기가 덥고 습한 여름 공기를 만나면 수증기가 생긴다. 와우! 책을 읽거나 누구의 설명을 듣지 않아도 조금 더 깊게 생각하면 혼자서도 문제를 풀 수 있구나! 40년이 지났지만 저는 아직도 그 장면을 선명하게 기억합니다.

이후 저에게는 질문을 상대방에게 되돌리는 습관이 생겼어요. 세 아들이 질문을 하면 이렇게 되묻지요.

"그것 참 궁금하네. 네 생각은 뭐니?"

하버드 대학의 토론 교육도 사실은 이렇게 시작하는 거랍니다. 답을 알려 주는 대신 질문을 던지고 기다리는 거지요. 그러면 아이들은 답을 찾기 위해 공부를 시작해요. 그러니 아버지 여러분께 권해 드려요. 아이들이 질문을 하면 답을 알더라도 알려 주지 말고 되물어 보세요. 간단한 질문 하나로 아이의 생각이 깨어난답니다.

하브루타, 네가 객지에서 고생이 많구나

토론 교육이 인기를 끌면서 유대식 토론 방식을 가리키는 '하브루타'라는 말이 퍼지고 있습니다. 친구를 뜻하는 히브리어 '하베르'에서 나온 말이지요. 하브루타 학원장들은 말합니다. '암기 위주 한국 교육에는 희망이 없다. 유대식 교육법 하브루타가 해법이다'라고요. 유대인들의 자녀교육법이라니 학부모들은 쉽사리 지갑을 엽니다. 제가 그 하브루타를 공짜로 하는 법을 소개해 드릴게요.

바다 건너 들어온 하브루타는 사실 조선 사대부의 교육법과 크게 다르지 않습니다. 사대부 자녀들은 『천자문』을 시작으로 『동몽선습』, 『격몽요결』, 『명심보감』 등을 반복해서 읽으면서 암기했습니다. 그러고 나면 『대학』, 『논어』, 『맹자』 등의 어려운 책을 공부하면서 토론을 시작하지요. 학생들의 학습 진도는 제각각입니다. 같은 나이라고 해서 같은 책을 읽지 않지요. 이런 면에서는 조선시대 공부법이 대한민국 공교육보다 선진적이네요.

유대인의 교육도 비슷합니다. 어린이들은 『성경』과 『탈무드』를 반복해서 읽습니다. 그래서 많은 구절과 기도를 암송하는 단계에 이르지요. 머리에 든 게 많으면 그때부터 토론을 시작합니다. 『탈무드』를 놓고 토론할 때에는 기억에서 정보를 꺼내 이야기를 합니다. 그러면 공부 파트너도 자신의 기억 속에서 다른 정보를 끄집어내지요. 여러 가지 정보와 해석 방법을 비교하면서 가장 합리적인 답을 찾아가는 토론이 바로 하브루타입니다.

그러니 유대식 교육의 시작은 뭐다? 그렇지요. '반복을 통한 암기'입니다. 학원 선생님들이 한국 교육의 문제라고 지적했던 바로 그 암기가 바다 건너 수입된 유대식 교육법의 기초인 거예요. 학원 선생님들은 아마도 이런 사실을 알고서도 부러 말하지 않는 것 같습니다. 학원 교육의 차별화를 내세우기 위해 말이지요. 만약 이런 사실을 모르고 그랬다면 그건 더더욱 문제고요. 남의 것을 베끼려면 제대로 베껴야지요.

혹시 제 의견에 반론을 제기하고픈 학원장이 있다면 연락 주셔도 좋습니다. 마주 앉아 얘기 나눌 용의가 있으니까요. 참고로 저는 3년째 히브리어를 공부하는 나름 공부벌레입니다. 『성경』도 조금, 『탈무드』도 약간 읽어서 대화할 때 그다지 지루하지 않은 말상대가 되어 드릴 수 있습니다.

정작 우리가 유대인에서 배워야 할 것은 따로 있습니다. 다음은 19세기 폴란드에서 활동했던 랍비 메나헴 멘델(Menachem Mendel)의 이야기입니다.

"진정으로 네 자녀들이 성경을 공부하길 바란다면 자녀들이 보는 앞에서 네 자신이 성경을 공부하라. 자녀들은 너를 본보기로 삼아 성경을 공부할 것이다."

한국의 아버지가 유대식 자녀교육에서 배워야 할 것은 먼저 부모가 공부하는 모습을 보여주는 겁니다. 부모 자신도 하기 싫은 공부를 자녀에게 강요하는 것은 위선을 가르치는 거니까요. 객지에 와서 고생하는 하브루타, 이제는 놓아 주면 좋겠네요.

자녀의 친구에게 돈을 쓰세요

이제부터 실용적인 자녀교육 지도 방법을 소개하겠습니다. 학교에 보내자니 걱정, 안 보내자니 대안이 없다고 느낀다면 학교를 적극 활용하시길 권합니다. 그리고 먼저 자녀가 다니는 학교를 찾아가고 알아보는 것부터 시작하지요. 예전에는 학부모 대신 '학부형'이라는 말이 있었잖아요. 무슨 뜻인지 아시나요? 학교에 아버지나 형이 찾아갔다는 말입니다. 엄마가 학교에 찾아가기 시작한 게 그리 오래된 일이 아니에요. 그런데 이제는 학교에 엄마만 보입니다. 녹색어머니회는 이름에서부터 아예 아버지를 배제하고 있어요. 도대체 아버지는 어쩌다가 이렇게 존재감을 잃어버린 걸까요?

아버지의 존재감 부족은 다분히 아버지 책임입니다. 많은 아버지들이 자녀를 사랑한다고 말하면서 정작 자녀에 대해 모르지요. 간단한 실험을 해볼까요? 바로 지금, 아이의 친구 이름 셋을 말해보세요. 대답을 못하시나요? 설마 아이에게 친구가 없진 않을 텐데… 아버지 여러분, 정신 차립시다. 이거 다 자업자득입니다. 아버지가 아이에게 이렇게 무관심한데, 청소년 자녀가 아버지 말에 순순히 따를까요? 그럴 일은 없습니다. 마케팅 관점에서 보면 지극히 당연한 이야기입니다. 기업이 고객을 이해하지 못하면서 어떻게 고객의 마음을 사로잡을 수 있겠습니까?

제가 하는 방법을 소개하지요. 저는 아들 친구에게 떡볶이를 사줍니다. 집으로 불러서 저녁을 먹이고 재우기도 하지요. 이렇게 하지 않기 때문에 대부분의 아버지는 자녀의 친구 이름을 자녀가 가출할 때 처음 알게 되는 거예요. 아이 친구에게 돈을 쓰세요. 친구로부터 부러움을 사면 아이는 아빠를 자랑스럽게 여깁니다.

바빠서 그럴 시간이 없다고요? 그럼 다음 이야기를 읽어 보세요.

등산객이 산에서 나무꾼을 만났습니다. 그런데 이상하네요. 아무리 도끼질을 해도 나무가 잘리질 않는 겁니다. 다가가 자세히 보니 도끼날이 너무 무뎌서 나무에 상처만 낼 뿐 나무를 자르지 못하고 있었습니다. 등산객이 입을 열었습니다.

"저, 아저씨. 제가 뭘 잘 알아서 이런 말 하는 건 아닙니다만, 좀 이상해서 그러는데요. 나무를 베려면 도끼가 더 날카로워야 할 것 같은데요. 지금이라도 도끼날을 갈면 어떨까요?"

그러자 나무꾼이 말합니다.

"나도 그러고 싶은데, 너무 바빠서 그럴 시간이 없어요."

아버지 여러분, 이런 어리석은 나무꾼이 되지 마세요.

아이의 학교에 찾아가고 아이의 친구들을 만나는 건 시작에 불과합니다. 사전조사를 마치면 본격적인 자녀교육을 시작해야지요.

아이의 학교생활에 대해 아는 것이 자녀교육의 시작점입니다. 이를 게을리하면 호미로 막을 일을 나중에 가래로 막아야 하는 사태가 생길 수도 있어요. 그러니 시간과 노력이 아깝다 하지 마시고 아직 기회가 있을 때 적극적으로 아이를 만나시길 권합니다. 아빠의 무관심은 아이의 탈선을 부추깁니다. 이제 아버지가 나설 때입니다.

많이 포기해야 많이 얻는다

공부 잘하는 비결 하나 알려 드릴까요? 공부의 가짓수를 줄여야 성과가 납니다. 생각해 보세요. 메뉴가 다양한 분식집은 절대로 2층 건물 못 올립니다. 맛집에 가보세요. 음식 종류가 몇 안 돼요. 맛난 것 한두 개로 승부를 걸어야 성공합니다. '선택과 집중'인 것이죠.

우선순위에 따라 무엇을 할지 선택하고 거기에 자원을 집중하라는 말. 깔끔하고 멋지지 않나요? 그런데 그거 아시나요? '선택과 집중'의 다른 말은 '의도적 포기'입니다. 의도적 포기가 있어야만 성과가 난다는 사실을 기억하세요.

이런 이야기가 있지요. 투자의 귀재 워런 버핏에게 친구가 물었답니다. 인생에서 성공하는 방법을 알려 달라고. 버핏이 이렇게 답했지요.

"인생에서 이루고 싶은 것 20개를 적어 보게. 그것들을 우선순위대로 번호를 붙여 봐. 그리고 이제부터 1번에서 5번까지의 일에 집중하는 거야. 그중 하나를 이루면 6번, 7번 이렇게 다음 목표를 좇아가면 돼."

너무 뻔한 조언에 실망했던지 친구가 물었답니다.

"그런 시시한 이야기 말고 더 실용적인 조언 없나?"

버핏이 말을 이어갔습니다.

"좋아, 그러면 진짜 중요한 걸 알려 주지. 만약 1번부터 5번까지 목표에 집중하는데 6번 목표를 이룰 기회가 오면 자네는 어떻게 하겠나?"

친구가 머뭇거렸습니다. 버핏이 대답했지요.

"그때는 그냥 무시하는 거야. 자네 에너지를 빼앗아서 인생을 망치게 하는 것은 21번 이후의 목표가 아니야. 6번이 가장 위험한 유혹인 거야."

인생에서 분명한 WHAT to do를 가지고 산다는 것은 그만큼 이나 분명하게 WHAT NOT to do를 아는 겁니다. 그래서 많이 포기하는 사람이 진짜 목표를 이룰 수 있습니다. 기억하세요. 많이 포기해야 많이 얻습니다.

공부근육 단련법, 독서

우리 가정에서 '선택과 집중' 1순위는 독서입니다. 홈스쿨답게 여유롭다고요? 모르는 말씀. 이거야말로 가장 영리한 선택이랍니다. 설명을 드리지요.

공부는 두뇌라는 신체기관이 하는 활동입니다. 그래서 두뇌를 이해하면 공부하는 요령도 더 좋아지지요. 엄밀히 말해 두뇌는 근육이 아니지만 제대로 훈련하면 큰 힘을 발휘할 수 있으니, 이제부터 두뇌를 공부근육이라 부르겠습니다. 제가 비록 공신 강성태는 아니지만, 그래도 나름 공부를 해왔던 터라 공부근육 훈련법을 몇 가지 알고 있어요.

우선 기계공학 이야기로 시작하지요. 전기에너지를 저장하는 방법으로 전지라는 게 있지요. 건전지가 그중 하나고요. 그렇다면 운동에너지를 저장하는 방법도 있을까요? 네, 있으니까 질문을 냈지요. 플라이휠(Flywheel)이라는 게 있습니다. 이름 그대로 바퀴처럼 둥글게 생긴 금속판으로 회전축에 붙어서 물체의 회전에너지를 저장합니다. 그 원리는 이렇습니다.

발전소의 거대한 엔진을 생각해 보세요. 엔진의 실린더 안에서 연료가 폭발하면 엄청난 에너지가 피스톤을 밀어냅니다. 정교한 기계 장치는 피스톤의 왕복에너지를 회전에너지로 바꾸는데, 아무래도 그 과정에서 진동이 생기고 회전도 불연속적이지요. 회전축이 일정한 속도를 유지하며 돌 수 있도록 엔지니어들은 실린더를 여러 개 연이어 붙이고 회전축에 커다란 플라이휠을 붙입니다. 회전축이 무거워졌으니 처음에는 당연히 천천히 돌기 시작하지요. 플라이휠이 충분히 회전하면 이제 엔진은 부드럽게 고속으로 돕니다. 심지어 잠시 연료 공급이 중단되어도 플라이휠의 관성에 의해 회전축이 계속 돌지요. 체중이 많이 나가는 사람이 처음에는 느리게 뛰지만, 나중에는 관성에 의해 무섭게 달리는 모습을 연상하면 이해가 될 겁니다.

공부근육을 키우는 방법 중에도 플라이휠 같은 것이 있습니다. 처음에는 익숙해지는 데 시간이 걸리지만, 일단 완성되면 꾸준한 힘을 내면서 공부를 돕는 습관이 있지요. 바로 독서 습관입니다. 독서 습관으로 공부근육을 훈련한 사람은 많은 정보를 빨리 처리하는 능력을 갖게 되지요. 그러면 책의 종류를 바꾸더라도 쉽게 책 내용을 이해할 수 있게 됩니다. 모든 중학생은 초등학생 교과서를 가볍게 읽고 이해할 수 있습니다. 그 이유는 중학생의 공부근육이 훨씬 크고 강하기 때문입니다. 그래서 평소에 독서를 꾸준히 한 학생은 새로운 정보처리에 탁월한 능력을 보입니다.

한국의 중고생이 책을 언제 읽느냐고 반문하는 분이 계시다면 수학능력시험이 뭔지 설명해 드리고 싶네요. 저는 학력고사 시험을 보고 대학에 진학했습니다. 학력고사는 고교 3년간의 수업 내용을 범위로 하는 학년말 시험입니다. 그래서 시험문제의 지문은 교과서에서 나왔습니다. 하지만 수능시험의 지문은 교과서 바깥에서 나옵니다. 수능이 대학 수업을 따라갈 능력이 있는지를 확인하는 시험이기 때문이지요. 교과서만 공부한 학생은 내신에 강하지만 독서로 단련된 학생은 수능에 강한 이유가 이 때문이지요. 수험생에게 독서는 사치라고 생각하는 부모님은 입시 제도부터 다시 살펴보셔야 하겠습니다.

세 아들이 학교에 다니지도 않고 대학 입시를 준비하지도 않기 때문에 우리 가정이 독서에 치중할 이유는 더더욱 분명합니다. 교과서 밖 세상을 읽고 대비하기 위해서 오늘도 책을 읽는 거지요. 독서 경력이 쌓이면서 세 아들은 예전처럼 학습만화, 어린이용 요약본을 읽지도 않아요. 음식으로 비유하자면, 그건 밥이 아니라 누군가 씹어서 반쯤 소화시킨 멀건 죽에 불과하니까요.

세 아들의 독서 목록을 보니, 초6 막내 지민이는 『홍길동전』, 『양반전』, 『초정리 편지』, 『10대를 위한 뿌리 깊은 나무』 등 전통을 다룬 이야기책을 열심히 읽었어요.

중2가 된 해민이는 과학, 모험 분야 책을 좋아합니다. 『모비딕』, 『해저 2만리』, 『지구에서 달까지』, 『80일간의 세계일주』, 『칸토어가 들려주는 무한 이야기』, 『해리엇이 들려주는 일차부등식 이야기』… 특별히, 과학소설의 선구자 쥘 베른의 책이 많네요.

우리 집 다독가는 고2 현민이에요. 고전 또는 명작이라 불리는 책들이 대다수입니다. 『국가론』, 『천로역정』, 『파리대왕』, 『맥베스』, 『분노의 포도』, 『유토피아』, 『징비록』, 『열혈 수탉 분투기』, 『동물농장』, 『노인과 바다』, 『손자병법』, 『청소년을 위한 삼국지』, 『바르톨로메는 개가 아니다』, 『이반 데니소비치의 하루』, 『주홍색 연구』, 『고통의 문제』 등등 현민이의 독서 목록에는 제가 읽지 않은 책도 더러 보입니다.

독서는 공부의 근원입니다. 독서를 통해 공부근육을 단련한 아이는 어떤 종류의 공부에서도 자신감을 가질 수 있어요. 스마트폰 시대에 독서는 구시대적이고 뒤떨어져 보이기도 하지만 여전히 의미가 큽니다. 디지털 시대를 이끌어 가는 사람들의 입을 통해 확인해 보시지요.

"일주일에 한두 권씩 1년에 50권의 책을 읽는다." (빌 게이츠, 마이크로소프트 창업자)

"나는 위대한 기업을 만든 사람들의 경험담이 담긴 책을 즐겨 읽는다. 책은 그 어떤 미디어보다 특정 주제에 대한 깊은 탐구와 몰입을 이끈다." (마크 저커버그, 페이스북 CEO)

테슬라 창업자 엘론 머스크는 하루 10시간씩 책을 읽으며 성장했고, 지금까지 읽은 책이 1만 권이 넘는다고 합니다. 하루에 한 권씩 읽어도 27년이 넘게 걸리는 독서량이지요. 소프트뱅크를 이끄는 손정의 사장은 만성 간염으로 3년간 병원 신세를 지면서 4천 권의 책을 읽었다고 하며, 그때의 독서량과 사색에 기초하여 사업의 통찰을 구한다고 합니다. 글로벌 리더들이 다독가라는 사실, 이게 설마 우연이겠어요? 그러니 오늘부터 시작하는 겁니다. 아이와 함께 책을 읽읍시다.

대학을 나와도 책을 읽지 않으면 소용없다

한 기업인으로부터 문해 능력의 중요성을 들을 기회가 있었습니다.

"김 교수님, 내가 얼마 전부터 우리 직원이 만들어 오는 보고서를 보면서 이상하다는 생각이 들었어요. 그래서 혹시나 싶어 간단한 과제를 주었지요. 퇴직연금을 다룬 신문 기사를 복사해서 주고서 내용을 요약해 오라고 했어요. 그러면서 다른 직원한테도 같은 과제를 주었어요. 두 사람 결과를 비교해 보려고요. 그랬더니이 친구가 기사 내용을 반대로 요약해 오더라고요. 두 번째 친구는 경력이 짧은데도 내용을 제대로 요약하는데. 그래서 한 번 더시켜 봤어요. 그래도 똑같은 결과가 나오더라고요."

그분은 그제야 일본인 컨설턴트의 조언이 떠올랐다고 합니다. 이 회사에는 해마다 두어 달씩 방문해서 프로젝트를 도와주는 일본인 컨설턴트가 있습니다. 어느 날 그 파트너가 조용히 말하더래요. 한국인 직원들의 국어 교육이 필요하다고. 통역을 대동해서 일하던 컨설턴트는 처음에 한국인 직원의 말이 오락가락하길래 통역의 문제인 줄 알았답니다. 그런데 몇 년간 함께 일하면서 보니, 한국인 직원들이 한국어를 조리 있게 말하지 못하더라는 거예요. 일본인 컨설턴트의 조언이 사실인 걸 깨달은 이 기업인은 그 후로 직원들에게 책을 사주고 서평을 써내라고 지도하고 있습니다. 이게 기업의 현실이에요. 의외로 많은 사람들이 글자를 읽지만 글을 이해하지 못한답니다.

제가 좀 더 충격적인 이야기를 해드리지요. 세종대왕이 만드신 한글 덕분에 한국의 문맹률은 세계 최저 수준입니다. 하지만 안타깝게도 OECD가 조사한 문해율(문장을 읽고 이해하는 사람들의 비율)은 최고 수준이 아닙니다. 한마디로 글을 읽을 줄은 아는데 무슨 말인지 알아보질 못하는 사람이 많다는 말이지요.

우리 아이들이 책을 읽고도 이해하지 못한다? 그건 아닙니다. 청소년의 문해율은 상위권입니다. 그런데 나이가 들수록 문해율이 급격히 떨어지는 게 문제이고, 청소년층(16~24세) 대비 노년층(55~65세)의 문해율 차이가 최악이라는 게 걱정거리인 거지요. 지금의 장년층이 가난한 청소년기를 겪어서 공부가 부족했다고 하지만 그것만으로는 설명이 되질 않습니다. 왜냐하면 다른 나라 사람들이 역량을 꽃피우는 30~35세 구간에서 이미 우리나라 젊은 이들의 꽃은 저물기 시작하기 때문이지요.

20대까지는 다들 영민하고 똑 부러지던 청년들의 문해율이 왜 빠르게 떨어지는 걸까요? 답은 분명합니다. 성인이 되면서 책을 읽지 않기 때문이지요. 그럼, 스마트폰으로 책을 읽는 건 어떨까요? 이 주제로 현직 기자와 이야기를 나눈 적이 있었습니다. 그 친구는 단언합니다. 스크린으로 기사를 읽는 사람들을 대상으로 테스트를 해본 결과 내용을 제대로 이해하는 비율이 낮더랍니다. 명색이 30년째 잉크밥 먹고 사는 기자의 말이니 믿어 줄 만하지 않을까요?

결국 답은 종이책입니다. 사실 종이책은 읽기 힘듭니다. TV 방송은 별다른 의식을 하지 않아도 내용이 눈과 귀에 쏙쏙 들어오지만, 책은 신경 써서 읽어야만 내용을 이해할 수 있으니까요. 조금만 방심하면 같은 줄을 다시 읽게 되지요. 그런 의미에서 TV가 책보다 더 효과적인 미디어처럼 보입니다. 흥미로운 사실은 TV를 끄고 책을 덮은 후에 일어납니다. 사람들에게 TV 뉴스 내용을 말해 보라고 하면 대략의 이야기는 합니다. 그런데 구체적인 이름, 날짜, 장소를 말해 보라고 하면 기억해 내질 못해요. 심지어 기사 속 조각 정보는 기억하는데 전체 맥락은 반대로 이해하는 경우도 있습니다. 반면, 책을 읽은 사람은 비교적 정확하게 답하지요. 결국 종이책은 촌스럽고 시대착오적으로 보여도 가장 효과적인 공부근육 훈련 도구입니다. 그래서 우리 집은 오늘도 책을 읽습니다.

배워서 남 주자

"배워서 남 주냐?"

어른들이 자녀에게 공부하라고 채근하면서 하던 말입니다. 배워 두면 다 제 것이 될 테니 공부를 미루지 말라는 이야기지요. 그런데 제 경험에 비추어 보아 더 지혜로운 조언은 '공부해서 남 줘라'입니다. 그게 진짜로 남는 장사거든요.

대학 시절에 저는 고등학생 과외교습을 하면서 묘한 경험을 했습니다. 학생을 가르치다 보면 제가 학생 때 배웠던 것보다도 내용을 더 잘 이해하게 된다는 거지요. 거기에는 나름 이유가 있답니다. 공부의 하수들은 교사의 설명을 듣고 적기만 합니다. 공부의 중수들은 설명을 듣고 제 나름대로 정리하지요. 문제를 푼 다음 오답노트도 만들면서 이해 수준을 높이지요. 공부의 고수들은 배운 내용을 친구나 가족에게 알기 쉽게 설명합니다. 그 과정에서 상대방이 이해하기 쉽게 비유를 들어 설명하기도 하고, 설명 과정 중에 자신이 놓친 부분을 발견하고 나중에 보충도 하지요. 이게 우등생의 비결입니다. 예, 저도 그렇게 했습니다. 방학 중에 등교해서 빈 교실을 찾아가 허공을 향해 저만의 영어수업을 진행한 적도 있습니다. 지나가던 사람이 보았으면 '쟤는 뭐하는 건가?' 하면서 의아하게 여겼을 겁니다.

잘 가르치기 위해 상대방의 머릿속에 들어가는 연습은 시험점수를 올려 주기도 합니다. 제가 고등학생 2학년일 때 친구에게 도움을 청했습니다. 공부도 운동도 뛰어났던 반장 동수는 친구들의 롤모델이었지요.

"동수야, 난 아무리 공부해도 국사 성적이 오르질 않는다. 넌 어떻게 공부하냐? 비결 좀 알려 주라."

"공부를 열심히 하는 것도 중요하지만, 시험 출제자의 마음을 읽을 수 있어야 해. 쉽게 말해 시험이 어디서 나오는지 알아야 하는 거야."

"그래, 바로 그거야. 그걸 좀 알려 줘."

동수는 제게 역사책을 꺼내고 시험이 나올 부분을 찾아보라고 했습니다. 제가 여기저기 뒤지면서 중요한 부분을 짚었지요. 그걸 본 동수가 드디어 비결을 알려 주었습니다.

"여길 잘 봐. 시험은 여기서 나와."

동수가 펼친 페이지에는 항상 지도나 그림, 표가 있었습니다. 동수가 물었지요.

"왜 여기서 시험이 나올까?"

제가 머뭇거리자 동수가 말했습니다.

"생각해 봐. 글자만 찍는 페이지랑 지도, 그림, 표가 있는 페이지 중에 어느 게 돈이 많이 들겠니?"

그 말에 저도 눈치를 챘습니다.

"비싼 돈 들여서 교과서에 지도, 그림, 표를 넣을 때에는 다 이유가 있는 거야. 그만큼 중요하다는 거지. 그걸 아는 출제자는 바로 거기서 문제를 내는 거고."

출제자의 머릿속으로 들어가라는 동수의 조언은 정말 도움이 되었습니다. 당연히 제 국사 성적은 올라갔지요. 아마 제게 그걸 가르쳐 준 동수는 더 성적이 올랐을 겁니다. 배워서 남 주는 게 남는 겁니다. 저는 아이들에게 그렇게 가르칩니다.

코딩 교육, 어떻게 할까?

'SW 의무화 교육에 대비하자. 2박 3일 코딩의 바다를 누비는 캠프. 비용 ○○만 원.' 코딩 교육을 소개하는 광고 문구입니다. 3일 만에 코딩의 바다를 누빌 수만 있다면 당장이라도 아들을 캠프에 보내고 싶네요. 하지만 제가 컴퓨터공학을 전공한 터라 이런 광고는 믿을 수가 없습니다. 코딩이라는 게 그렇게 단기간에 공부해서 완성될 수 있는 기술이 아니니까요.

코딩 교육 전도사들은 종종 오바마 전 대통령의 담화를 인용합니다. 미국 학생들이 미래를 준비하기 위해 코딩 교육이 필요하다고 말했다는 거지요. 또 영국이 2014년 초·중·고교에 코딩 교육을 도입했다고도 이야기합니다. 그러면 자녀가 뒤처질까 불안해진 학부모들은 미래행 특급열차 탑승권인 양 수강권을 구입합니다.

그런데 우리가 코딩 교육의 광풍에 휩쓸리지 않으려면 사실을 정확하게 알아야 합니다. 코딩 교육은 컴퓨터 과학 중 일부일 뿐이랍니다. 영국의 코딩 교육도 우리 예상과 달라요. 예를 들어, 영국 초등생의 모바일 앱 만들기 교육 과정은 6단계로 나누어집니다. ①기획 ②역할과 팀원 결정 ③시장조사와 차별화 구상 ④앱

메뉴 디자인 ⑤코딩 ⑥마케팅 총 6단계입니다. 여기에서도 알 수 있듯이 코딩은 다섯 번째 단계에 불과합니다. 결국 학부모를 겁주는 한국의 코딩 교육 열풍은 돈 냄새를 맡은 학원들이 만들어 낸 작품이라는 말입니다.

조금 더 자세하게 설명을 하지요. 코딩은 컴퓨터가 이해하는 언어로 명령문을 만드는 과정입니다. 코드의 길이가 수천 줄을 넘어가면 제작자라도 한눈에 코드 전체를 보는 것이 어렵지요. 그래서 프로그래머들은 최대한 간결하고 논리적으로 코딩을 하려고 노력해요. 코딩 업계에 수학 전공자들이 많은 것이 그 때문입니다. 달리 말하면 수학적 사고가 먼저고 그 다음에 코딩 기술이 뒤따라간다는 말이지요. 그래서 코딩을 아는 사람일수록 자녀에게 급하게 코딩 교육을 시키지 않지요.

실리콘밸리에는 코딩 전문가가 넘쳐납니다. 그런데 그들이 자녀를 입학시키려고 줄 서는 학교에서는 컴퓨터 사용을 엄격히 제한한다는 사실을 아시나요? 발도로프 학교는 적지 않은 학비에도 불구하고 구글, 애플 등 하이테크 기업 임직원들 사이에서 인기가 높습니다. 이 학교는, 자녀에게 구글링을 허락하지 않고 스마트기기를 제한하겠다고 약속한 부모들의 자녀만 받아요. 교실 안에 그 흔한 노트북도 스크린도 없습니다. 교사는 칠판에 필기를 하고, 학생은 공책에 필기하면서 공부합니다. 구글, 페이스북 엔지니어들이 왜 자녀를 이런 학교에 보내는 걸까요? 코딩으로 먹고사는 전문가들은 아는 겁니다. 연필을 들고 차분히 문제를 푸는 과정에서 수학적 사고가 성장한다는 사실을 말이지요. 수학적 사고가 부실하면 코딩 교육은 효과를 낼 수 없기에 하이테크 기업의 임원들이 자녀들에게 스마트폰을 쉽게 허락하지 않는 겁니다. 정작 자신들은 우리 자녀들에게 그 기계를 팔아 부자가 되었으면서도 말이에요.

혹자는 코딩 기술을 집짓기 중에서도 지붕 올리기에 해당한다고 말합니다. 집의 기초를 잡고 기둥과 벽을 세운 후에 지붕을 올리는 것처럼 나중에 하는 일이라는 말입니다. 지붕에 기와 몇 장 올릴 줄 안다고 해서 집을 지을 줄 안다고 착각하면 안 되지요. 그래서 학부모들은 광고 문구에 속지 말고 비판적으로 코딩 교육에 접근해야 합니다.

우리 집에서는 둘째 해민이, 셋째 지민이가 코딩 교육을 10회 받았습니다. 이후 해민이는 혼자서 코딩으로 이것저것 게임을 만듭니다. 코딩 선생님이 제게 묻더군요. 아이에게 코딩을 따로 가르쳤냐고요. 아니라고 간단히 말씀 드렸지만, 저는 해민이가 빠르게 코딩을 익힌 이유를 알고 있습니다. 해민이가 스스로 생각하는 훈련이 되어 있기 때문이지요. 사고 훈련이 되면 코딩은 금방 배울 수 있으니까요. 이렇게 우리 집은 또 한 번 학원비를 아꼈습니다.

재미나서 몰입하는 게 아니라 몰입하니 재미난 거야

공부에도 수준이 있다면 최고의 수준은 단연코 공부로 노는 수준일 겁니다. 네, 제대로 읽으셨어요. 공부 시간에 노는 게 아니라 공부로 노는 겁니다. 어떻게 공부로 놀 수 있을까요?

요즘 아이들, '재미없다, 심심하다'는 말을 입에 달고 살지요. 볼거리, 놀거리, 먹을거리가 넘치는 시대에 살면서도 아이들이 재미없다고 하는 이유는 뭘까요? 그 답을 찾기 위해 먼저 다음 질문을 해봅니다. 영화가 재미나서 시간이 순식간에 지나간 걸까요? 아니면 시간이 순식간에 지나간 걸 보니 영화가 재미난 걸까요? 그게 그거다? 아닙니다.

여기 열두 살 소년이 하나 있습니다. 아이는 칠판에 피보나치 수열을 쓰고 있습니다. 1, 1, 2, 3, 5, 8, 13, 21⋯ 피보나치 수열은 앞선 숫자 두 개를 더해서 다음 숫자를 써서 만듭니다. 즉 1+1=2, 1+2=3, 2+3=5 이런 식입니다. 어른 눈에는 별것 아닌데 아이는 그렇게 계속 숫자를 이어갑니다. 결국 칠판 끝에 도달해서는 더 이상 쓸 곳이 없자 멈춥니다. 그리고 말하지요. "우와, 재밌다." 세상에 그런 아이가 있느냐고요? 있지요. 저희 둘째 해민이 이야깁

234

니다.

피보나치 수열을 만드는 작업 자체가 재미난 건 아닙니다. 하지만 아이는 수열을 계속 써가는 과정에 몰입하다 보니 시간이 흐르는 걸 못 느꼈습니다. 그리고 시간 순삭(순간삭제) 경험을 되돌아보면서 '재미있다'라고 말하는 거지요. 그래서 사람에 따라 어떤 행동이라도 재미있는 놀이가 될 수 있습니다. 지하철역 이름 외우기, 퍼즐 맞추기, 세계의 수도 이름 외우기 등 시시콜콜한 행동이 모두 재미거리가 될 수 있지요. 몰입만 할 수 있다면 말이죠. 어른들도 마찬가지예요. 허허벌판에 나가 막대기로 공을 치고 하염없이 걸으면서 말하지요. "역시 골프는 재미있어." 애나 어른이나 똑같아요.

반대도 가능합니다. 재미나 보이는 활동이 누군가에게는 힘겨운 고욕이 될 수도 있습니다. 친구들은 만세 부르며 즐기는 놀이기구 바이킹이 누군가에게는 고문처럼 느껴질 수도 있습니다. 흔들리는 바이킹에서 속이 울렁거리는 걸 참고 있노라면 시간이 참 느리게 흘러갑니다.

결론은 이겁니다. 재미나서 몰입하는 게 아니라 몰입하니 재미난 겁니다. 그 활동이 뭐든지 말이지요. 우리 집은 설날이면 꼬박꼬박 윷놀이를 합니다. 윷을 던지고 말을 옮기고 아슬아슬한 추

격전 속에 소리를 지르고. 그러다 보면 한 시간이 훌쩍 지나갑니다. 윷놀이가 끝나면 모두가 말하지요. "아~ 그것 참 재미있다." 이 오래된 놀이가 어찌 그리 재미난지 우리 가족은 해마다 윷놀이를 합니다.

재미와 몰입의 원리를 아는 우리 가정은 아이들에게 수동적 엔터테인먼트 대신 능동적 놀이를 권합니다. 가만히 앉아서 스크린 속 캐릭터가 나를 웃기도록 자신을 방치하지 말라고 하지요. 그 대신 윷을 던지고, 종이를 접고, 드럼을 두드리라고 합니다. 그렇게 무언가에 능동적으로 몰입하는 경험이 쌓이면 아이들은 더 이상 심심하다는 말은 하지 않아요. 그리고 무엇이건 찾아서 재미나게 즐깁니다. 때로 그것은 놀이이기도 하고 공부이기도 하지요. 그러면 일상이 재미나지고 인생이 즐거워집니다. 그러면 공부로도 놀 수 있게 됩니다.

아들에서 남자로

철부지 아들이 자라 철부지 아빠가 된다

과잉 친절이 생활화된 엄마들은 자녀가 세상을 경험할 기회를 박탈합니다. 모든 걸 다 챙겨 주고 대신 해주는 거지요. 덕분에 아이들은 벤츠 S클래스의 안락한 뒷자석에서 앉아 평탄한 고속도로를 달리듯 10대 시절을 보냅니다. 그러다가 청년이 되어 세상에 나가면 바로 멀미를 시작하지요. 엄마 없는 세상에서는 아무것도 못하는 아이들, 특히 아들들에게 문제가 심각합니다.

그 아들이 나이가 들어 결혼을 하면 그때부터는 아내에게 의지하기 시작합니다. 주변을 둘러보세요. 철부지 남편, 철부지 아빠들이 많습니다. 저는 가끔 자녀교육 관련 상담을 요청받는데, 자녀가 아닌 철부지 남편 때문에 마음이 힘들다고 푸념하는 여성들을 종종 만납니다. 10년 전까지 저희 집도 그랬습니다. 제가 아들을 셋이나 만들어 놓고서 자녀교육은 아이 엄마에게 떠넘기고 살았으니까요.

뒤늦게 정신 차린 저는 이제 아들을 남자로 키우려 노력하고 있습니다. 큰아들이 고2 나이에 이르렀으니 이제 독립해서 세상에 나갈 준비를 시키는 거지요. 큰아들 현민이를 남자로 인정한다는 뜻에서 지난해 면도기를 사주었습니다. 동생 해민이는 그 면도기가 탐났던지 자기도 한 번만 사용해 보겠다고 했지만, 현민이는 단칼에 거절했습니다. 면도기는 '남자의 물건'이니까요. 현민이도 변화를 느끼나 봅니다. 요즘 들어 의젓하게 행동하는 모습이 저와 아내를 흐뭇하게 만듭니다.

아버지 여러분, 아들을 남자로 키우고 있나요? 그보다 먼저 여러분 자신은 인생의 운전대를 직접 조종하고 있나요? 그렇다면 인생길의 굴곡에서 멀미를 덜 느낄 겁니다. 만약 그렇지 않다면 아버지부터 자신의 인생을 책임지고 운전하길 권합니다. 그리고 삶에서 얻은 지혜로 아이들을 가르치길 바랍니다.

부자들의 낙원은 가난한 자들의 지옥 위에 세워진다

저는 어릴 적에 가난하게 자랐습니다. 그런데 부모님은 제가 가난하다는 사실을 부끄러워하지 않도록 이모저모 신경을 써주셨지요. 그렇다 하더라도 가난은 제 마음에 상처를 주었습니다.

중학생 시절 저는 아버지의 작업복을 입고 등교하는 것이 부끄러웠습니다. 그래서 저는 세 아들에게 일찌감치 경제 개념을 심어주기 시작했습니다. 돈이 없음을 부끄럽게 여기거나 낙심하지 말고 정당하게 노력해서 돈을 버는 사람으로 키우고자 노력하고 있지요. 여기에는 제가 배운 유대식 자녀교육의 영향이 큽니다.

유대인들은 오랜 기간 박해를 받으면서 이런 지혜를 얻었습니다. '부동산은 믿을 것이 못 된다. 유대인이 사회에서 배척당하면 땅이나 집은 쉽사리 빼앗길 수 있다. 그러니 박해를 피해 도망갈 때 가져갈 수 있는 재산을 만들어라.'

유대인들이 교육에 열을 올리는 것도 그 때문입니다. 머릿속 지식은 빼앗기지 않으니까요. 더불어 많은 유대인들은 위기의 순간에 쉽게 가져갈 수 있는 귀금속 모으는 걸 좋아했습니다. 다이아몬드 세공업에도 많이 달려들었고요. 지금까지도 전 세계 다이아

몬드 거래의 큰손은 대부분 유대인들입니다.

"부자들의 낙원은 가난한 자들의 지옥 위에 세워진다"는 말이 있습니다. 저는 세 아들이 남을 짓밟고 돈을 버는 사람이 되길 바라지 않습니다. 하지만 동시에 부자들의 낙원을 만드는 데 사용되는 소모품 또한 되지 않기를 바랍니다. 그래서 저는 유대인의 자녀교육 지침 하나를 가슴에 꼭 담고 살아갑니다.

"아버지가 자녀에게 직업에 필요한 기술을 가르치지 않으면 결국 도둑질을 가르치는 것과 다를 바 없다."

자본주의는 철없는 소비자를 원한다

요즘 청소년들, 덩치는 크지만 생각은 그리 여물지 않아 보이지요. 청소년 시기는 원래 다 그런 걸까요? 그렇지 않습니다. 독립운동에 뛰어들었던 유관순 열사는 당시 열일곱 살이었습니다. 유관순 열사가 대단한 분인 것도 사실이지만, 열일곱 살 정도 청소년이면 세상 돌아가는 것을 이해하고 자기가 할 일을 찾을 수 있다는 것도 사실입니다. 그런데 요즘에는 의식이 깨어 있는 청소년을 만나기가 어렵군요. 남학생들은 주로 게임, 여학생들은 아이돌과 화장에 몰두하지요. 왜 이렇게 된 걸까요?

자본주의가 청소년들의 각성을 원하지 않기 때문입니다. 자본주의는 철없는 소비자를 제일 좋아합니다. 뒷감당할 생각 없이 엄카(엄마의 신용카드)를 연신 긁어 대니까요. 마구잡이 소비는 기업의 성장과 발전의 동력이거든요. 우리가 다 알듯이 힘들게 일해서 돈 버는 사람들은 함부로 돈을 쓰지 못합니다. 고생한 게 아깝잖아요. 그래서 자본주의는 남이 준 돈을 받아 소비생활을 누리는 사람을 좋아합니다. 이 관점에서 볼 때, 자본주의가 선호하는 롤모델 소비자는 한국의 청소년입니다. 공부 스트레스를 해소한답시고 이것저것 사니까요.

'청소년'이라는 말 자체가 산업시대 이후에 등장했다는 설도 있어요. 과거에는 남자아이가 10대에 이르면 아버지를 따라 일터에 가서 기술을 배웠고, 여자아이들은 엄마 곁에서 가사 기술을 익혔지요. 그러다가 산업화시대에 공교육이 생기고, 학교는 아이들을 몇 년간 붙잡아 두고 일터로 내보내지 않았습니다. 그래서 어린이도 아니고 어른도 아닌 애매한 아이들을 부를 새로운 단어가 필요했던 거지요. '어린이'나 '어른'이 순우리말인 것과 달리 청소년(靑少年)이 한자어인 것도 우연이 아니라고 봅니다. 나중에 만들어진 단어라는 거지요. 10대를 뜻하는 영어 Teenager는 13세에서 19세까지의 나이를 뜻합니다. Thirteen(13)부터 Nineteen(19)까지 숫자에 모두 Teen이라는 단어가 들어 있다고 해서 1920년대에 비로소 만들어진 말입니다.

현민이가 한국 나이로 열세 살이 되던 해에 싱가포르 행 비행기를 탈 기회가 있었습니다. 우리 부부는 큰마음 먹고 공항에서 아이만 비행기에 태워 보냈습니다. 승무원이 나와서 아이를 직접 인도해 가더군요. 그런데 항공 요금 할인은 받지 못했습니다. 만 12세가 넘으면 더 이상 유아가 아니라서 성인 요금을 적용한다는 거예요. 적어도 항공료를 지불할 때는 13세부터 성인인 겁니다. 우연일까요? 유대 사회에서는 여자아이 만 12세, 남자아이 만 13세에 성인식을 합니다. 우리 조상들도 아이가 13세가 넘으면 어른으로 대접하고 키우셨지요.

누가 그러더군요. 아이는 자기 생각보다 2년 늦게 어른이 되고, 부모 생각보다 2년 빨리 어른이 된다고요. 나이가 든다고 모두 어른이 되는 건 아닌가 봐요. 나이가 들어도 덩치만 큰 철부지가 있고, 아직 어려도 야무지고 성숙한 어린이도 있는 겁니다. 여러분은 아이를 어떻게 키우고 싶은가요?

아들아, 이제 그만 집에서 나가 줄래?

한 교수님이 강의에서 도발적인 말을 했습니다.

"부모의 돈을 빼앗지 말라. 학창 시절 목표 없이 공부하는 것, 학교 졸업 후에도 부모 집에 얹혀사는 것, 결혼할 때 큰 혼수를 기대하는 것 모두 부모의 돈을 빼앗는 것이다."

성인이 되어도 독립하지 않고 부모에게 얹혀사는 캥거루족이 늘어나고 있습니다. 지금 40~50대 부모 상당수가 부모와 자녀를 동시에 부양하고 있어요. 그래서 자녀가 제때 독립하지 않으면 그들의 노후는 심각한 경제난에 시달릴 거라고 합니다. 우리 집도 세 아들을 잘 가르쳐서 얼른 독립시켜야 하겠네요. 2015년 보건사회연구원의 조사에 따르면, 25세 이상 자녀를 둔 40~60대 부모 262명 중 40퍼센트가 졸업과 취업 심지어 결혼한 자녀를 지원하고 있답니다. 이래도 되는 걸까요?

성인 자녀가 독립하지 않고 부모와 함께 사는 건 전 세계적 현상입니다. 2016년에 EU가 조사해 보니, 28개국 25~34세 젊은이 25퍼센트가 부모와 함께 산다고 하네요. 중년의 부모들은 자신의 부모와 '캥거루족' 자녀까지 이중으로 돌보느라 고생이 막심합니다.

상황이 이 정도니 심지어 미국에서는 자녀에게 집을 나가 달라고 소송하는 부모까지 등장했어요. 2018년 5월 뉴욕의 마크 로톤도와 크리스티나 부부가 아들 마이클을 상대로 강제 퇴거 소송을 제기했습니다. 마이클은 대학 중퇴 후 전자제품 매장에서 잠시 일하다 해고된 뒤 부모 집에 들어와 8년째 살고 있는데 영 독립할 의지가 없었답니다. 로톤도 부부는 만 31세가 되는 마이클에게 다섯 차례 편지도 쓰고 이사 비용까지 내겠다고 했다네요.

"1,100달러(약 120만 원)를 줄 테니 집을 구해 나가라. 너도 일자리를 구할 수 있고 일을 해야 한다. 2주 안에 나가지 않으면 강제로 쫓아내겠다."

아들 마이클은 거부했고 결국 소송까지 갔는데, 결과는 부모의 승소랍니다. 아이고~.

통계로 보는 한국의 상황도 심각합니다. 부모-자녀 관계가 막강한 한국 사회에서 부모들은 자녀에 대한 무한 책임을 느끼지요. 25세 이상 성인 자녀를 둔 부모의 39퍼센트가 자녀를 지원하고 있고, 그 비용은 매달 평균 70만 원이 넘는다네요. 이들 중 39.2퍼센트는 부양 비용을 부담으로 느끼고, 29.8퍼센트는 이 과정에서 자녀와 다툰다고 고백했습니다. 다시 한 번 아이고~.

제 부모님은 제가 어릴 적부터 일의 중요성을 가르치셨어요. 저는 아버지 구두를 닦고, 청소를 하면서 용돈을 받았지요. 제가 열두 살이 넘자 아파트 단지에 전단지 돌리는 일도 허락하셨어요. 숙제는 나중에 하고, 아직 해가 떠 있을 때 먼저 전단지를 돌리고 오라던 어머니 말씀이 기억납니다.

그래서 저도 세 아들에게 자신의 힘으로 돈을 벌어야 한다고 가르칩니다. 세 아들은 식사 준비, 재활용 쓰레기 버리기, 심부름과 장보기로 용돈을 벌지요. 제 아버지도 가끔 손자들에게 용돈을 주시는데 그때도 공짜는 없어요. 검정고시를 통과하거나, 국가공인 자격증을 받아 오면 용돈을 주세요. 그래서 현민이는 지난해 종이접이 강사 자격증을 받고서 용돈을 받았습니다. 올해에는 현민, 해민이가 생존수영 과정을 수료하여 자격증을 받고서 또 용돈을 받았지요. 막내 지민이는 2019년에 비로소 초졸 검정고시를 치르고 결과를 기다리고 있습니다.

청년들이 경제적으로 독립하는 것이 자신에게도 부모에게도 중요합니다. 그러려면 아직 아이들이 어릴 때에 좋은 습관을 가르치는 게 좋지요. 용돈을 벌고 금전출납부를 쓰게 해서 경제관념을 심어 줍니다. 그 다음, 대학을 넘어 큰 그림을 보도록 도와주면 어떨까요? 대학 가는 게 전부가 아니라고 말이지요. 자녀는 부모의 돈을 빼앗지 말아야 하고, 부모는 자녀가 자신의 힘으로 돈을 버는 경험을 빼앗지 말아야 하겠습니다.

불친절한 아버지가 되겠습니다

"학원 선생님이 '너희 집 대단하다'고 하셨어요."

"응? 무슨 소리야?"

"제가 제 돈으로 운동화를 사야 한다고 했더니, 아버지가 그것도 안 사주시냐고 하던데요."

아들 녀석이 우회적으로 저를 압박하네요. 아들 운동화가 하도 낡았길래 집안일 하고 돈을 벌어 운동화 사라고 했거든요. 아들이 그 이야기를 학원 선생님께 했더니 동정표를 받았나 봅니다.

"네가 신을 운동화인데 왜 내가 돈을 내야 하지? 그리고 말을 하려면 제대로 해야지. 네가 돈을 모으면서 도와 달라고 하면 절반은 내주겠다고 했잖아. 그 이야기는 빼고서 마치 내가 아들 운동화도 안 사주는 것처럼 말하네."

그 대화 이후에도 현민이는 아직도 그 낡은 신발을 신고 다닙니다. 으이그~ 답답하지만 어쩌겠습니까? 다급하면 노력하겠지요. 기다려 보겠습니다.

세 아들을 키우면서 저는 지나치게 친절하지 않으려고 노력합니다. 제 어머니의 친절함을 반면교사로 삼아 제가 정한 원칙입니다. 어머니의 과잉 친절로 인해 저는 어릴 적에 제 물건을 챙기지 않는 버릇이 있었어요. 그 바람에 시계나 지갑 등을 여러 번 잃어 버렸죠. 성인이 되어 혹독하게 혼이 나고서 결심했어요. 내 아이는 스스로 자기관리를 하도록 가르쳐야지.

식당 자영업자를 코칭하는 방송 〈골목식당〉에서 백종원 씨는 가끔 매섭게 화냅니다. 남의 집 귀한 자식에게 왜 그러느냐고요? 그래야 배우니까요. 저는 백종원 씨 응원합니다. 그래서 저도 불친절한 아버지가 되기로 결심했어요. 세 아들이 자기 앞가림을 하도록 키울 겁니다.

현민이가 열다섯 살에 강사가 된 사연

2015년에 현민이가 엄마에게 제안을 하나 했어요. 자신의 재능으로 어린 동생들을 돕고 싶다고요. 종이접기 수업을 열어 초등생들을 가르치겠다고 하더군요. 크~으, 장하다. 뉘 집 아들이냐?

현민이 종이접기 실력은 알고 있었지만 과연 가르칠 수도 있을지 자신이 없었어요. 일단 홈스쿨링 공동체를 운영하는 교회에 문의를 했습니다. 그랬더니 학부모가 아닌 학생이 다른 학생을 가르친 예가 없다면서 고민하셨어요. 그리고 조건부 허락을 해주었습니다. 엄마가 교사, 현민이가 보조교사로 등록하면 수업을 개설해 준다고요. 현민이도 아내도 저도 기꺼이 동의하고 수업을 준비했습니다. 현민이에게 교사 경험이 도움 될 거라 생각한 거죠. 책임감을 키우고 겸손을 배울 기회를 마다할 이유가 없으니까요.

놀랍게도 현민이는 뛰어난 교사가 되었습니다. 어린 학생들이 손을 들고 도움을 요청하면 절대 귀찮은 내색을 하지 않고 기꺼이 도와주지요. 현민이는 학생들에게 종이 접는 방법을 설명한 뒤 가만히 지켜봅니다. 자기 손으로 직접 종이를 접어야 실력이 는다면서 절대 학생의 종이를 대신 접어 주지 않더군요. 오, 어른스럽지 않습니까! 이런 모습은 곧 학부모들 사이에서 이야깃거리가 되었어요. 엄마들은 교실에 아이를 데려오면서 현민이를 '선생님'이라고 부릅니다. 현민이는 그렇게 어른 대접 받는 걸 무척 좋아하고요.

2017년에는 학부모 한 분이 전화를 주셨어요. 그분이 다니는 교회에 종이접기 수업을 개설할 테니 교사로 출장 수업을 해줄 수 있냐고요. 성인 교사처럼 사례금도 주신다고 했습니다. 우리 부부는 좋은 기회를 주신 것만으로도 감사하니 사례금은 마다하겠다고 했지요. 하지만 그 교회는 현민이가 어리다는 이유로 다르게 대우하지는 않겠다며 사례금을 주셨습니다. 현민이가 난생 처음으로 제 힘으로 돈을 번 겁니다. 제 아들이지만 여기서 자랑 한마디 하겠습니다.

"고놈, 누구 아들인지 참 대견하네."

회사? 다니지 말고 만들어!

안태양 씨는 첫 수업부터 눈에 띄는 미모의 사업가였습니다. 2016년 제가 죠스떡볶이 사옥에서 청년사업가 약 40명을 모시고 10주간 수업을 진행할 때 태양 씨를 처음 만났지요. 지금은 태양 씨가 자신을 '푸드컬처디렉터'로 소개합니다. 조금 자기 자랑을 섞긴 했지만, 태양 씨는 정말로 음식 문화를 디자인하는 전문가입니다. 2000년에 태양 씨는 여동생과 함께 필리핀 야시장에서 떡볶이 노점상을 시작했지요. 그리고 3년 만에 매출 1억 원을 기록해서 필리핀 언론에도 소개되었습니다. 당시 필리핀 인당 국민소득이 300만 원 정도였으니 사업이 얼마나 컸는지 짐작이 되지요?

제 주변에는 자기 사업을 하는 사람들이 많은 편입니다. 그래서 저는 주변의 창업가로부터 도전정신을 배워요. 대학 동기 강주형은 전공을 바꾸면서까지 건축을 공부했습니다. 그러더니 컨테이너로 집을 짓는 독특한 사업을 시작했어요. 건축상도 받고 언론 인터뷰도 하는 걸 보면 일을 잘하는가 봅니다. 고교 동기 최승환은 경영학을 마치더니 미술을 전공하고 '디자인 리서치'라는 독특한 영역을 개척했습니다. 힘들다면서도 열심히 합니다. 자기 일이니까요.

사람은 자기 일을 할 때 신이 납니다. 저는 그걸 기업 강의를 하다가 발견했어요. 임원들에게 물어봅니다.

"지금 자신이 하는 일을 즐기는 편이라는 분, 손들어 보세요."

그러면 60~70퍼센트가 손을 듭니다. 그런데 대리급 사원들에게 그 질문을 하면 정반대로 20~30퍼센트만 손을 들지요. 이렇게 차이가 나는 것은 '내 일이냐 아니냐'에 달린 겁니다. 임원들은 대부분 업무의 기획부터 집행, 평가까지 전 과정을 주관합니다. 그러니 일이 재미날 수밖에요. 반면 사원들은 자신에게 주어진 일을 누군가가 만든 계획에 따라 진행합니다. 그러니 그 일이 지루할 수밖에요.

그래서 저는 세 아들에게 이야기하지요.

"어차피 너희는 학교도 안 다녀서 대기업에 들어가기 힘들 거야. 그러니 자영업으로 먹고살자."

여러분은 아이를 어떻게 키우세요? 시험 보고 직장에 들어가서 반복된 일을 하며 안정된 삶을 사는 것도 나쁘지 않습니다. 그런 사람들이 있으니 세상이 안정되게 돌아가지요. 하지만 저는 그렇게 사는 걸 별로 좋아하지 않아요. 저는 제가 원하는 일을 하면서 살고 싶습니다. 그래서 아이들도 자기 일을 찾아서 해나가길 바랍니다.

자기가 맡은 일을 자기 사업처럼 하는 사람은 어디에 가서도 쓸모 있는 사람이 될 겁니다. 반대로 자기 일마저 남의 일처럼 억지로 하는 사람은 괴로운 인생을 살 겁니다. 그래서 오늘도 저는 이렇게 말합니다.

"회사? 다니지 말고 만들어!"

작은 베트남이 큰 미국을 이겼잖아

공교육을 거부하고 홈스쿨링으로 아이를 준비시켜서 세상에 내보내는 것은 참 도발적인 선택입니다. 하지만 그것보다 더 무모한 선택도 있지요. 별다른 목표나 계획 없이 자녀를 학교에 보내면서 인생이 풀려 나갈 거라고 믿는 겁니다. 상위 10~20퍼센트 학생들이야 공교육을 통해 자신의 길을 찾아가겠지요. 하지만 중위권과 하위권 학생들은 어떻게 하나요? 학교에 다닌다고, 대학에 진학한다고 뾰족한 답이 있는 것도 아닌데 말이지요.

보 응우옌 잡(Vo Nguyen Giap) 장군에게서 한 수 배우는 건 어떨까요? 잡 장군은 베트남군을 이끌고 1940년대에는 일본군, 1950년대에는 프랑스군과 싸워 이긴 명장입니다. 1960~70년대에는 미군을 상대로 싸워 베트남전쟁을 승리로 이끌어서 베트남의 살아 있는 전설이 되었죠. 그는 『손자병법』을 참조해서 3불 전략을 구사했습니다. 3불 전략이란 적이 원하는 시간을 피하고, 적이 유리한 장소를 피하고, 적이 원하는 방법을 피해 싸우는 것을 말합니다. 그래서 베트남군은 야간에, 밀림에서, 게릴라전으로 미군과 싸웠지요.

이걸 우리 자녀에게도 적용하는 겁니다. 현재 공교육 시스템과 입시 제도에 끌려가는 게 아니라, 우리 아이들에게 유리한 방식으로 경기를 바꾸는 겁니다. 예를 들어 현민이는 영어에 약합니다. 독서는 좋아하지만, '이 단어를 통해 시인이 의도하는 바는?' 식의 국어 문제에는 약합니다. 그래서 현민이에게 대학 입시는 불리한 경기입니다. 족집게 과외로 무장한 '대치동 키즈'를 이길 수 없지요. 그래서 경기 종목을 바꾸기로 했습니다. 그것은 바로 종이접기! 일단 이 종목에는 출전자가 적어요. 게다가 현민이가 애니메이션을 통해 쉽게 배우고 있는 일본어가 종이접기에 큰 도움이 됩니다. 오리가미(종이접기) 종주국이 일본이니까요. 어떤가요? 종목을 바꾸니 게임이 쉬워지지요!

선수들에 따라 유리한 게임이 있는 겁니다. 육상선수는 다리가 긴 게 유리하지만, 역도선수는 다리가 짧은 게 유리합니다. 농구선수는 대체로 키가 크지만, 체조선수는 키가 작아야 유리합니다. 씨름 선수는 큰 체중을 자랑하지만, 승마선수는 하나같이 가볍습니다. 그러니 생각을 바꾸어 보시죠. 모든 아이들을 대학 입시로 내모는 대신 아이들의 재능을 키워 주자고요. 요리를 좋아하는 아이는 일찌감치 셰프나 요리평론가의 길을 안내해 주면 어떨까요? 기타와 드럼 연주를 좋아하는 아이는 실용음악가로 키우면 어떨까요? 작은 베트남이 큰 미국을 이겼듯이 우리 아이들도 이기는 싸움을 하도록 도와주면 좋겠네요.

동춘서커스는 지고 태양의 서커스는 뜨는 이유

동춘서커스는 한국의 대표 서커스단입니다. 역사도 90년이 넘지요. 몇 년 전 공연을 준비하는 동춘서커스의 텐트를 들여다 볼 기회가 있었습니다. 출연자들이 어려운 동작을 거뜬히 해내는 모습에 놀라웠습니다. 하지만 허술한 무대 위에서 기이한 동작을 하는 모습이 안쓰럽게도 보였어요. 결국 우리 가족은 공연을 보지 않았습니다. 수고하는 단원들을 보면서 마음이 아플 것만 같았기 때문입니다.

우리 집에는 태양의 서커스단 DVD가 다섯 장 있습니다. 드라마와 서커스를 버무려 놓은 듯한 공연을 보고 있노라면 감탄이 절로 나옵니다. 흥미롭게도 태양의 서커스 단원들을 보면 동춘서커스와 달리 안쓰럽게 느껴지지는 않습니다. 무엇이 다른 걸까요?

동춘서커스는 한마디로 기예단입니다. 공연 대부분이 기이하고 어려운 동작을 보여주는 것입니다. 그래서 관객이 감탄할지언정 감동하지는 않지요. TV가 드물던 시대엔 동춘서커스가 독보적인 볼거리였을 겁니다. 하지만 볼거리가 넘치는 요즘 동춘서커스가 설 자리는 점점 좁아지고 있습니다.

반면, 태양의 서커스는 멋집니다. 아름답습니다. 감동이 밀려옵니다. 태양의 서커스는 체육관보다 예술의 전당에 어울립니다. 조명과 음악, 스토리가 모두 관객의 감동에 초점을 맞춘 예술 공연이기 때문이지요. 기술을 보여주려는 동춘서커스와 예술을 보여주는 태양의 서커스. 누가 이길까요? 게임은 시작하기도 전에 끝나 버립니다.

우리 아이들을 떠올립니다. 우리 아이들은 학교에서 기술을 연마하나요, 아니면 예술을 준비하나요? 우리 아이들의 미래는 동춘서커스와 비슷해질까요, 아니면 태양의 서커스와 비슷해질까요? 우리 아이들이 벅찬 감동을 주는 예술가로 성장하려면 먼저 그 아이들이 다양한 경험 속에서 감동을 느껴야 할 겁니다. 그리고 자신의 생각과 느낌을 어떻게 표현할지 고민해야 합니다. 그런데 학교가 그런 기회를 주던가요?

국영수에 매달려 공부하는 아이들은 스펙 좋고 온순한 노동자가 될 수는 있겠지요. 하지만 세상을 바꾸고 감동을 주는 인재가 될 수는 없을 겁니다. 동춘서커스 모습이 다시 떠오릅니다. 아, 마음이 아픕니다.

일등이 될까, 일류가 될까

우리나라에 세계 일등 기업은 몇이나 될까요? 세계 일류 기업은 몇이나 될까요? 이 질문을 하는 이유는 일등과 일류를 구분하려고 하는 겁니다. 일등이란 경쟁에 이겨서 오르는 자리입니다. 그 이면에는 많은 패자들이 있지요. 반면, 일류(一流)를 추구하는 삶도 있습니다. 새로운 흐름을 만들어 내는 걸 말하지요. 새로운 걸 시작했으니 당연히 일등입니다. 하지만 경쟁이 시작되기 전이라 패자는 없습니다. 대신 새로운 흐름에 동참하는 추종자들이 있지요.

스마트폰 판매 일등은 삼성전자입니다. 그런데 사람들은 애플을 일류로 기억합니다. 애당초 스마트폰은 애플이 만들었으니까요. 일류 애플 뒤를 쫓아간 삼성전자가 일등이 된 거지요. 그런데 일등과 일류 중 누가 더 이익을 남길까요? 답은 일류입니다. 2017년 4분기 글로벌 스마트폰 판매를 통한 이익 중 무려 86퍼센트가 애플에게 돌아갔습니다.

우리 가정은 세 아들에게 일등이 되라고 말하지 않습니다. 대신 일류를 지향하라고 가르칩니다. 경쟁에서 이기려 하지 말고 경쟁을 초월하라고 이야기하지요. 제 욕심이 지나친가요?

일등이 되는 방법과 일류가 되는 방법은 많이 다릅니다. 일등은 주어진 과제를 검증된 방법으로 해내려고 애씁니다. 그러니 일등에게 암기와 연습을 강조하고 독창성은 기대하기 어렵지요. 『서울대에서는 누가 A+를 받는가』라는 책을 보세요. 학생들은 교수의 말을 토씨까지, 농담까지 그대로 받아 적습니다. 그리고 그걸 다시 정리하고 암기하지요. 한마디로 공부기계가 됩니다. 고등학생도 아닌 대학생이 이렇게 한답니다. 도대체 이런 학생들에게 고등 사고 능력을 기대할 수 있을까요?

일류는 새로운 과제를 스스로 찾아냅니다. 당연히 검증된 방법이란 게 없으니 새로운 시도를 하게 되지요. 실패는 당연한 과정이고요. 세계적 일류 기업의 창업자들의 이력을 다룬 책 『학력파괴자들』을 보면 다수의 디지털 일류 기업 창업자들이 학교 중퇴자라는 걸 알게 됩니다. 2004년 페이스북에 최초로 50만 달러를 투자했던 백만장자 피터 틸(Peter Thiel)은 심지어 학교를 중퇴해야만 받을 수 있는 장학금 제도를 운영하고 있어요. 틸 장학제도가 처음 소개되었을 때 사람들은 교육 제도에 대한 도발이라며 비판했지요. 하지만 갈수록 우수 인력이 몰리면서 세간의 평가는 완전히 바뀌었답니다. 이제는 해마다 약 100명이 이 장학금을 받기

직업 선택 십계명

제 1계명   월급이 적을 쪽을 택하라.

제 2계명   내가 원하는 곳이 아니라 나를 필요로 하는 곳을 택하라.

제 3계명   승진의 기회가 거의 없는 곳을 택하라.

제 4계명   모든 것이 갖추어진 곳을 피하고 처음부터 시작해야 하는 황무지를 택하라.

제 5계명   앞을 다투어 모여드는 곳은 절대 가지 마라. 아무도 가지 않는 곳으로 가라.

제 6계명   장래성이 전혀 없다고 생각되는 곳으로 가라.

제 7계명   사회적 존경 같은 건 바라볼 수 없는 곳으로 가라.

제 8계명   한가운데가 아니라 가장자리로 가라.

제 9계명   부모나 아내나 약혼자가 결사반대를 하는 곳이면 틀림없다. 의심치 말고 가라.

제10계명   왕관이 아니라 단두대가 기다리고 있는 곳으로 가라.

위해 학교를 그만 두고 창업을 하고 있지요. 경영작가 세스 고딘 (Seth Godin)은 그의 책 『린치핀』에서 "우리가 평범함에서 벗어나지 못하는 이유 중 하나는 학교와 시스템에 의해 세뇌되기 때문"이라고 단언합니다.

학교가 창의성을 죽인다는 말, 여러분은 어떻게 생각하시나요? 모든 학교가 그런 건 아닙니다. 거창고등학교의 '직업 선택 십계명' 을 볼까요? 다섯 번째 계명은 이렇습니다. "앞을 다투어 모여드는 곳은 절대 가지 마라. 아무도 가지 않은 곳으로 가라." 아홉 번째 계명도 봅시다. "부모나 아내나 약혼자가 결사반대를 하는 곳이면 틀림이 없다. 의심치 말고 가라."

결국 앞선 생각을 하는 사람들은 비슷한 말을 합니다. 저는 세 아들이 백만장자가 되는 걸 기대하지 않습니다. 하지만 경쟁에서 이기는 일등이 되려고 아등바등하는 걸 바라지도 않지요. 대신 새로운 분야를 개척해서 인정받고 더 많은 사람들이 그 길을 따라서 자신의 잠재력을 깨우는 롤모델이 되길 바랍니다.

현민이가 세상을 바꾼 경험

2016년 1월 현민이가 3주간 영어 캠프에 참가했습니다. 첫 주를 마치고 현민이는 캠프에서 나오고 싶다고 말했어요. 교실과 기숙사에서 욕하는 아이들이 너무 많아 마음이 불편하다는 게 이유였습니다.

"그만하고 나와도 돼. 돈 아깝지 않아. 그래도 한번 싸우기라도 해보자."

주말 동안 우리 가족은 긴급 가족회의를 열었습니다. 형의 고민을 듣자 두 동생도 적극적으로 의견을 내더군요. 토요일 밤에 현민이는 마음을 굳혔지요. 물러나더라도 최소한 정의로운 싸움을 하고 나오겠다고.

우리 가족은 『성경』에서 다니엘의 이야기를 찾아 함께 읽었어요. 다니엘은 나라가 망하자 적국에 포로로 잡혀 갔지요. 그런데 거기서 자기 친구 세 명을 설득해서 작은 신앙 공동체를 만들고 신앙운동을 시작합니다. 사명감을 가진 다니엘과 친구들은 열심히 공부하고 운동을 했지요. 하느님은 그들을 축복하셔서 그들이 동년배들 중에서 가장 우수한 학생이 되게 했습니다. 이야기를 읽은 현민이는 기숙사 동료 다섯 명 중 누구를 포섭할지 고민했어요. 그래서 리더십이 있는 친구에게 먼저 접근하기로 결정했습니다. 저도 학교를 찾아가 지원사격을 하기로 했고요.

2주차 월요일, 현민이는 점심시간에 형을 찾아가 사정을 이야기했습니다. 그 형은 기숙사 분위기를 고치자는 현민이 제안에 흔쾌히 동의했지요. 저녁식사 시간에는 체육선생님이 기숙사 방을 찾아와 경고를 했답니다.

"욕을 하는 학생이 많다는 의견이 접수되었으니 주의해라. 걸리면 귀가 조치 하겠다."

제가 지원사격을 부탁 드렸더니 학교에서도 현민이를 돕기로 하셨나 봅니다. 현민이는 '이때다!' 싶어서 학생들을 모아 놓고 '건전한 캠프 만들기' 캠페인을 벌이자고 했습니다.

"그래서 어떻게 됐니?"

"애들이 그러자고 동의했어요. 준비해 간 종이에 자기들이 사용하는 욕을 적고서, 캠프 기간에 그 욕을 쓰지 않기로 약속했어요. 하지만 서명은 하지 않더라고요. 규석이만 서명했어요. 제가 말했죠? 우리 방에 저 말고 유일하게 홈스쿨링 하는 아이가 하나 있다고."

서명을 했건 아니건 기숙사 동료 학생들은 그 방에서 욕을 쓰

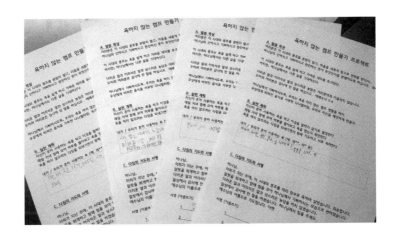

지 않았습니다. 어떤 학생들은 일부러 밖에서 놀다가 잘 때만 방에 들어왔다고 하더군요. 현민이는 말합니다. 영어 캠프에서 영어는 별로 늘지 않았다고. 하지만 두려움과 싸우면서 사람들을 움직였던 경험이 좋았다고. 현민이는 그렇게 세상을 변화시키는 작은 경험을 했습니다. 현민이가 대견합니다.

어른으로 대하면 어른처럼 행동한다

지난해 저와 현민이 사이에 위기가 있었습니다. 현민이는 체격이 부쩍 커지고 수염도 자라면서 청년의 모습을 보이기 시작했는데 제가 여전히 아이 다루듯 했거든요. 그러자 현민이가 저를 피하더라고요. 심지어 제가 퇴근한다고 전화하면 가방을 들고 도서관으로 도망갈 지경에 이르렀어요. 아내는 제게 아들과 대화를 해서 문제를 풀라고 종용했습니다. 어느 날 저녁, 저는 현민이를 불러서 남자 대 남자로 이야기를 나누었어요. 마침 제가 며칠 전에 선물한 면도기 때문에 현민이는 제 진심을 믿어 주었지요. 대화 내용은 이랬습니다.

"아들이 자라 남자가 되면 집안에서 갈등이 시작돼. 남자 어른 둘은 한집에 살 수 없기 때문이지. 남자는 여자와 달라서 협업도 하지만 주도권 경쟁을 더 심하게 하거든. 아버지와 아들이 함께 살면서 갈등을 피하는 방법은 두 가지야. 첫째, 아들이 자신의 생각을 접고 아버지에게 순종하거나, 둘째, 아들이 집을 나가 독립하는 거지. 그런데 대부분의 아들들은 순종하기는 싫고 독립할 능력은 없으니 억지로 참으면서 아버지와 함께 사는 거야. 그래서 문제가 점점 커지지."

"이러한 일은 회사에서도 일어나. 지시 받으며 살긴 싫고 그렇다고 독립할 능력도 없는 직장인들은 짜증난 얼굴로 출근해서 투덜거리면서 일을 해. 당연히 일을 즐기지 못하고 성과도 부실하지. 그러면 당연히 관리자는 직원을 압박할 거고. 그렇게 악순환이 되풀이되는 거야."

현민이는 주의 깊게 제 이야기를 들었습니다.

"직원과 관리자의 사이가 좋아지는 방법을 알려 줄까? 퇴사 준비자가 장기근속하는 원리 기억하지? 직원이 퇴사를 준비하고 주도적으로 살기 시작하면 관리자는 점점 직원을 건드리지 않아. 일 잘하고 매너 좋은 직원을 누가 건드리겠니? 그러면 관리자도 즐겁고 직원도 행복해져. 너도 그렇게 해보렴. 이 집에서 나가 독립할 생각으로 스스로 결정하면서 주도적으로 사는 거야."

고1 아들이 받아들이기에는 너무 무거운 이야기라고요? 저는 그리 생각하지 않습니다. 부모가 자녀를 어른으로 대하면 자녀는 어른처럼 행동합니다. 저는 현민이를 남자로 대했고, 현민이는 남자답게 행동하기 시작했습니다.

펜을 내려놓으며 _

자식의 부모로 산다는 것은…

여기까지 책을 읽으셨으니 이제 제가 좀 불편한 이야기를 해도 견디실 수 있겠지요. 자, 그럼 아버지들께 내밀한 이야기를 하겠습니다. 지금 하고 있는 직장생활, 행복한가요? 재미난가요? 여러분의 자녀를 여러분이 지금 출근하는 그 직장에서 일하게 하고 싶으신가요? 만약 질문의 답이 모두 '아니오'라면, 우리의 자녀는 좀 다르게 키우면 어떨까요?

많은 아버지들이 가족을 위해 직장생활을 참는다고 합니다. 장기근속의 힘은 처자식과 빚 딸린 집에서 나온다고도 하지요. 하지만 저는 그렇게 살고 싶지 않았고 그래서 지난 십여 년 저의 직업을 만들어 왔습니다. 직업이 생기니 직장을 그만둘 수도 있더군요. 생각해 보세요. 직업과 직장은 다릅니다. 직업은 제가 하는 일을 의미합니다. 반면 직장은 장소를 의미하지요. 그래서 직업을 가진 사람은 직장을 옮겨도 같은 일을 합니다. 그 일에서 전문성을 인정받으니까요. 남다른 전문성 없이, 그러니까 자신의 고유한 직업을 갖지 못한 채 인생에서 성공하기란 참 힘든 일입니다.

우리나라에서 억대 연봉자는 직장인의 3퍼센트 이내, 임원은 1퍼센트 이내라고 합니다. 그러니 대부분의 사람들은 조직의 부품으로 일할 수밖에 없는 게 현실이지요. 직장생활이 힘들고 재미없는 건 바로 그 때문이고요. 그런데 아이들의 교육을 학교에 아웃소싱하고 아버지가 자녀교육에서 손을 떼면 아이들은 우리가 걸었던 길을 또 걷게 될 겁니다. 많은 아버지들의 경험과 노하우, 삶의 철학이 사라지고 있습니다. 정말 아깝습니다. 우리가 앞선 세대의 도움과 헌신으로 지금의 풍요를 누렸으니, 이제 우리도 다음 세대에게 디딤돌이 되어 주면 어떨까요?

저는 아버지로부터 매일 아침 6시에 일어나 운동하는 습관을 배웠어요. 근면과 성실이라는 노동윤리도 배웠고 자동차 운전도 배웠습니다. 아버지는 초등학교를 졸업하고 중학교와 고등학교를 독학으로 마치신 분입니다. 제 아버지는 가방끈이 짧은 분이지만 제가 아는 그 어떤 선생님보다도 더 많은 지식과 지혜를 제게 전해 주셨어요. 그래서 저도 제 아들에게 그렇게 해주려고 합니다.

만약 여러분이 행복하게 살고 있으며 자녀에게 '나만큼만 살아봐라' 하신다면 제 이야기는 무시하셔도 됩니다. 만약 그렇게 말할 자신이 없다면 저와 함께 고민해 보시지요. 우리 자녀들, 우리 다음 세대는 우리로부터 무엇을 배울까요? 우리는 어떤 아버지가 될까요?

책을 던지지 않고 마지막까지 읽어 주셔서 감사합니다.